秦苒

20歲，身高約175公分。
父母離異，從小由外婆扶養長大。
高三休學失蹤一年，
看似凡事都漫不經心，
其實有不為人知的身分……？

程雋

身高：大約185公分
京城名家程家的三少爺。
智商過人，十六歲開始創業，
十七歲研究機器人，十八歲時去當小民警，
二十一歲當主刀醫生。

陸照影
身高：大約180公分
京城名家陸家的少爺，
時時跟在程雋身旁，是程雋的左右手。
將秦苒歸類為自己人。

秦語
19歲，身高大約167公分。
秦苒的妹妹。
父母離異後跟著媽媽寧晴到林家，
從小學習小提琴，學業成績優秀。

Contents

Kneel for your queen

第一章　苒姊罩你

徐家大門外——

秦苒進去找徐校長之後，程雋把車停好，走到徐家路口。

路口站著一個高大的身影。

「封先生。」程雋朝封樓城禮貌地叫了一聲。

男人轉過身，神色儒雅，姿態硬氣。雖然有點年紀，但看起來保養得很好——正是封樓城。

秦苒一直叫他封叔叔，程雋也對他非常有禮貌。

他一雙深色的眸子看向程雋，不卑不亢：「程少。」

「你應該也知道我找你是為了什麼事，」程雋示意他往旁邊站，淡淡一笑，「七一二的案子被人刻意隱瞞，找了很久都沒找到……」

說到這裡，程雋朝封樓城微微彎腰，鄭重開口。

「封先生，如果您能告訴我真相，我程雋欠你一個人情。」

聞言，封樓城眸光漸漸變得悠遠，他大概知道程雋找他是為了什麼。

第一章　萬姊罩你

「不需要什麼人情。」封樓城從口袋裡拿出一包菸，先遞給程雋一根，程雋接下，他才又自己拿了一根點上，「也有幾個人知道這件事，只是被下了封口令。」

程雋拿著菸，他沒點上，只安靜地聽著封樓城的話。

「七一二的特大爆炸案，這件事你應該知道，當時死了幾個人。」

封樓城垂下眸子，深深吸了口菸，薄薄的菸霧升騰，模糊了他的眼睛。

程雋頷首。他查到了這些，僅此而已。

封樓城這一次停頓了半晌，才開口：「這一場爆炸案……那個反應堆的製作，最開始是源自於她。」

聽到這一句，程雋的心狠狠顫了一下，捏著菸的手變得用力，眨也不眨地看向封樓城。

「你應該知道寧海鎮是研究基地，陳教授就是寧邇當初留下的，最後一個研究隕石文明的人。我當時跟錢隊還有潘明月的父親在追查一個大毒梟，才發現寧海鎮的實情。」封樓城一邊說，一邊回想當初的情況，眸光晦澀。

他跟潘明月的爸爸認識，當初去寧海鎮調查，就發現秦苒這個人很奇怪，後來陸續又查到一些陳淑蘭的事。

當時潘明軒跟潘明月被毒梟抓住，封樓城一行人追捕，但毒梟那邊有個駭客擾亂錢隊這邊的定位。

就在進度一籌莫展的時候，秦苒直接拿過錢隊手下技術人員的電腦，攻破了敵方的防線。

只是……最終潘明軒慘死在潘明月面前。

「我判斷失誤，再趕回去的時候，只剩下苒苒跟明月。」至今，封樓城想到這些，手仍會忍不住顫抖，臉上是對自己的痛恨，又有些嘲諷：「那大毒梟似乎很欣賞苒苒，說會給苒苒一個機會，讓她做了一道選擇題，就是她親自做的反應堆，選擇題的內容是什麼，你應該知道了。」

一邊是潘明月，一邊是潘明月的父母。

要不救一邊，要不全死。

一邊是待她如親生女兒的潘母，還有一個大英雄潘父，一邊是從小情同姊妹的潘明月。

秦苒當時做的反應堆並不完善，炸起來的泥土把潘明月的父母活埋了。

「我帶人趕到的時候，場景很慘烈，我要是快一點……再快一點趕過去……」封樓城深吸一口氣，「在這之後，實驗室也發生了大爆炸，核輻射洩漏出去，陳教授就是在那時候不行的，這一切有沒有其他勢力參與，我並不清楚。」

「潘明軒跟潘父、潘母的葬禮都是苒苒一手操辦的。那一天後，明月精神出了問題，她清醒的時候，自己搬去了當地唯一一家精神病院，苒苒在那之後就一直蹺課去看她。」

第一章　苒姊罩你

說到這裡，封樓城抿唇，「一年後，明月恢復了很多，苒苒把她從精神病院帶出來。然後把她託付給我，自己就失蹤了，誰也不知道她去了哪裡。」

路口的風有些冷。

程雋站在原地，半晌沒開口。那張臉，沒有平日的慵懶，沒有一絲表情，漆黑的眸子深冽寒冷，細碎的頭髮被風吹亂，他低頭，指尖略微顫抖地拿起了菸。

封樓城說得並不詳細，甚至有些模糊，但程雋依然能想像出那個場面。

看秦苒的成長影片，她跟潘家的關係最好，她那種人，若沒把潘明月跟潘母當作親妹妹和親生母親看待，不會有耐心去錄生日影片，也不會配合潘家人。

封樓城不知道，但程雋卻知道後面的事……

潘明月走不出她父母還有哥哥的死亡，秦苒這個親自動手的人要怎麼走出去？

但她依舊跟陳淑蘭處理好後事，並等了住在精神病院的潘明月一年，確定她沒事後，把她交給封樓城並抹去了潘明月的所有痕跡，才孤身前往美洲。

顧西遲說的被人打傷，應該是她當時沒有什麼求生意志了吧？

後來又打了一年黑拳，程雋能想像，她一開始並不是想成為空白，她從第八級擂臺直接跳到十一級擂臺並不是為了升級，可能只是想死在擂臺上。

若不是後來顧西遲接到陳淑蘭生病的消息，秦苒可能還活在水深火熱之中，所以陳淑蘭當時才那麼擔心她。
怕她死了，秦苒真的會不想活下去。
她那時候才多大？還沒過十六歲的生日吧？她選擇潘家人的時候心裡在想什麼？
程雋甚至一閉眼，就能想到她是怎麼按下潘父潘母那邊的按鈕。
難怪明明跟他約好了一起去打職業賽，卻整個人突然消失。
封樓城說完，才深嘆一口氣，「這件事徐老也知道，她在那之後不用右手，甚至連物理也不碰了，實際上，她小時候成績很好，就是不愛上課，老早就跟潘明軒、宋律庭他們約好了一起去考京大。」
「幸好明月她從頭到尾沒有一絲絲怨恨苒苒，」想到潘明月，封樓城更加嘆息，「她在精神病院……算了。」
當初能跟秦苒一起蹺課，還上天入地、無憂無慮，有幾個哥哥罩著的潘明月，如今變成了京大法學的高材生。
封樓城想起來卻不覺得驕傲，只有心酸。
潘明月並不想考京大，讀書成績也沒有秦苒好。
她沒有秦苒的高智商，後來能考得這麼好，完全是因為宋律庭的遠端教學，從一中倒數第一，變成第二名。

封樓城笑了笑，他再度抽了口菸，淡淡看向程雋：「我現在會跟你說，是因為很少看到苒苒現在這個樣子，陳姨看人的眼光很準。」

「謝謝。」程雋垂下眸子，沒讓封樓城看到自己臉上的表情。

他伸手拍拍程雋的肩膀，看了不遠處一眼，「苒苒來了。」

「這件事苒苒肯定不會想讓你知道，她後來掀翻那個匪窩之後，就毀了所有證據，你不要跟她提，」封樓城臉上恢復了原樣，「寧海鎮研究基地的爆炸不簡單，有一個大勢力，我沒找到。」

說完，他把菸熄滅，直接向另一邊走去。

他今天會跟程雋說這麼多，只是希望他能在某方面理解一下秦苒，不過……目前看來也不需要，封樓城嘆息一聲。

「你怎麼在這邊？」

秦苒走過來的路上都在思考徐校長說的問題，看到程雋站在風口，她不由得挑了挑眉。

程雋垂下眸子，沒讓秦苒看清自己的表情。

口袋裡的手機在響，他也沒看。

只是等秦苒走近，直接伸手抱住了她的腰，把下巴擱在她的頭上，不答反問：

「妳這麼快就出來了？」

「你有問題，程公子。」秦苒靠在他懷裡，伸手戳了戳他的胸口，眉頭微擰。
她一向敏銳，能感覺到程雋現在心情不好。
秦苒用另一隻手把他口袋裡的手機拿出來，看了眼，「是你爸。」
「不接。」程雋低聲開口，聲音有不太明顯的沙啞。
他這個反應有問題，秦苒看了眼手機，程雋說不接，她就沒管，只頓了一下。
「你跟你爸，沒事吧？」
「我十二歲的時候，就知道他不是我親爸。」程雋頓了頓，順著她的話開口。
「嗯？」秦苒倒是愣住，她抬頭看著程雋。
確實沒想到，程老爺對他那麼縱容……竟然不是親生的？這件事程家人知道嗎？
這個角度，能看到程雋那雙眼睛似乎有些發紅。
秦苒想起程溫如說的，他為了程老爺的一個陶馬古物，去學了文物修復……難怪，他一直不願意接管程家。
秦苒也沒怎麼查過程家，當初在雲城，只知道程雋一直出入亞洲交通總部。
「沒事，」秦苒伸手回抱他，微微抬頭一笑，「別傷心，以後苒姊罩你。」
程雋一愣。
他低頭看著秦苒，這個角度，能清晰地看到她的睫毛，她整個人被他的陰影籠罩住，一向冷傲的聲音，此時卻是溫柔。

眉眼精細，好看到讓人心顫。

程雋之前幾乎被揉碎的心，此時酸澀卻又摻雜著無可奈何的心疼。

他說程老爺的事，不過是不想讓她察覺到他的異樣。誰知道，他還來不及心疼她，她卻反過來安慰他。

他低頭，安靜地看了她半晌，然後伸手捧住她的臉，在她唇上輕輕落下，額頭與她相抵，低笑著開口。

「好，以後妳罩我。」

*

兩人從徐家離開，回到亭瀾。

秦苒在玄關換了雙拖鞋，一邊看微信，一邊對程木道：

「先去看看我的行李箱。」

那個行李箱裡，有她外婆留給她的盒子。

她看著微信上宋律庭的訊息。

『明月有連絡妳嗎？』
秦苒頓了一下，回覆：『沒。』
宋律庭那邊就沒再傳訊息了。
程木放下手邊的遊戲機，拿了鑰匙下樓，「秦小姐，妳這次要拿什麼？」
他對那顆顧西遲送的大粉鑽耿耿於懷。
「找點我外婆的東西。」秦苒看了眼手機，伸手勾了勾程雋的手指，想著宋律庭的訊息，微微擰眉，若有所思地說。
三人順著富貴樹走到樓下，程木打開他玩具房的門，又打開一道暗門跟保險箱，把秦苒的行李箱小心翼翼地拿出來，伸手拍拍上面不存在的灰。
「秦小姐，都在這裡了。」
秦苒「嗯」了一聲，她半蹲在行李箱旁，隨手把拉鍊拉開。
裡面有一堆東西。
秦苒掃了一眼，就看到陳淑蘭的盒子在言昔那座葛萊美獎盃下面，她隨手把一疊還未拆開的書放到地上，又把上面的葛萊美獎盃放到一邊，這才拿起了那個有點舊的藍色破盒子。
程木蹲在秦苒對面，秦苒行李箱裡的東西，他已經看過不止一遍了，此時再看一遍也差不多。

他推測這些都是有點來歷的東西，那座葛萊美獎盃他還特地上網查了一下。

秦苒手上的破盒子他倒是不感興趣，反正他也研究不來。

目光放到秦苒手邊隨意放下的一本書上。

「秦小姐，妳手邊那是什麼？」這本書，程木上次看到過，感覺有點像漫畫。

秦苒低頭看了一眼，不太在意，「漫畫，你要看嗎？」

程木點頭，秦苒隨手遞給他。

程木連忙接過來，「這還沒拆封……」

「你儘管拆。」秦苒淡淡地說。

她低頭研究這個木盒子，陳淑蘭沒給她鑰匙，盒子上的鎖也有些鏽跡。

程雋一直靠在距離幾步遠的門框旁，雙手環胸，垂眸看著秦苒。見她盯著盒子，站直身體，本來想要上前幫一下秦苒。

這時，程金從門外回來了，他看了眼程雋，沉聲道：「雋爺。」

神色嚴肅，應該是有事。

程雋看了他一眼，又看了眼半蹲在原地研究木盒的秦苒，向程金使了個眼色。

一分鐘後，兩人去了程金的書房。

門半開著，程雋看著秦苒那邊的方向，漫不經心地開口：「說。」

「雋爺，」程金頓了頓，道，「您父親……要見您。」
程金說完，程雋沒出聲，依舊看著門外的方向。
半晌，他才轉向程金，淡聲開口：「他要見我？」
書房很安靜，門外也沒什麼聲音，顯得程雋的這句話有些嘲諷。
「明天，集團總部。」程金垂下眼眸。
程雋笑了笑，他看了程金一眼，神色挺淡的，最終也沒說什麼，只是隨意地開口回道：
「知道了。」
說完他直接拉開門，朝秦苒走過去。
程金還站在原地，看著程雋的背影，不由得抿了抿唇。

*

程木的收藏室——
秦苒還在研究有些鏽跡的鎖，這是陳淑蘭留給她的，她不想用蠻力打開，但陳淑蘭也沒留鑰匙給她。
就在她想要不要找個開鎖專家的時候，程雋在她身邊蹲下來。

第一章　苒姊罩你

「要開鎖？」

「嗯。」秦苒還半蹲在原地，試著打開鎖。這個鎖很古老，也不知道為什麼這麼多鏽跡，「不知道還能不能打開。」

她正想著，程雋就伸手抽走了她手中的盒子，看了一下。

「彈簧珠卡位的，我能打開。」

他說著，讓程木把工具箱拿過來，然後把這木盒拿到了外面，把木盒放到桌子上，自己隨手拉開了一張椅子坐下。

秦苒跟在他身後坐到他對面，手散漫地撐著下巴，好奇地看著他。

「這你也能打開？」

她覺得自己學的已經夠多夠亂了，程雋學的又都是些什麼亂七八糟的？

誰能把醫生跟鎖匠聯想在一起？

好像還聽秦漢秋說過他經濟學也不錯。

「還可以吧，研究過一段時間。」程雋瞥她一眼，不緊不慢地開口。

程木把工具箱拿出來，程雋伸手在裡面翻了翻，找出兩個迴紋針，修長的手指稍微一捏，輕鬆地扳直，然後把尾端彎出一道微小的弧度，又信手拿出一個扳手，把一端插到鎖芯中。

秦苒沒研究過這些鎖的構造，在她眼裡，沒有捶不爛的鎖。

此時也沒看他究竟是怎麼操作的，一雙眼睛只看著程雋，他平常做事總是懶懶散散，似乎能預料到的一大部分事情都不太放在心上，此時低著眼眸，輪廓分明的側臉沉靜又充滿著自信。

喀嚓——鎖被打開。

程雋隨手把迴紋針跟扳手扔到工具箱裡，才朝秦苒抬抬下巴，指尖在藍色的盒子上敲了敲：「拿去。」

秦苒對程雋跟程木沒什麼防備心，直接把盒蓋打開。

裡面放著一份文件，像是研究報告，還有一塊深黑色的金屬，也不知道放了幾年，沒有任何鏽蝕。

程木看著這些，看不出個所以然。

陳淑蘭跟寧薇在雲城的時候，程木就感覺到這兩人不像什麼普通人，但也沒猜出究竟哪裡不對勁，此時當然也看不出來，他只是低頭看了眼木盒，就收回了目光，繼續回到房間看秦苒給他的一疊書。

秦苒看著研究報告，抿了抿唇，知道那應該是外公最後留下的東西。

她翻了一下，把文件跟那塊金屬拿出來，在盒子底下翻到了一封略微發黃的信件。

剛拿出信件要看，程雋卻猛地按住了秦苒的右手。

秦苒抬頭，看向程雋，挑眉。

「拿回房間看。」程雋沒有看她，目光只盯著盒子裡的那塊金屬，半晌才抬了抬頭，「妳外公……真是……」

他不知道該用什麼語言形容，漆黑的眸子裡卻明晃晃地顯露出敬意。

「好。」秦苒也沒問什麼。

她「啪」的一聲把盒子蓋上，兩人一起上樓。

等程雋出去，程金才走到程木的收藏室內，看著盤腿坐在地上看漫畫的程木，他一臉淡定，問一句：「歐陽薇最近有連絡你嗎？」

「沒。」程木抬頭，驚訝地看了眼程金，「你們都不讓我連絡她啊。」

他到現在都沒想通為什麼。

程金若有所思地「嗯」了一聲，「沒錯，你做的對。」

「啊，對了，哥，你等等，我匯一點錢給你。」程木想起這件事，拿出手機，匯了兩千萬給程金。

程木匯錢要走很多流程，沒程金那麼快，兩千萬，大約要經過幾個小時的審核才能到帳。

但程金看到了程木帳目上的一億，他頓了一下，很詫異：「你哪來這麼多錢？」

「秦小姐教我的。」程木抬了抬下巴，眉宇間看得出來很得意。

看程木這樣子，程金乾脆什麼話都不說。

他站起來，直接走出房門。

*

「我去書房處理一點事。」回到樓上，程雋看了眼秦苒，伸手摸了摸她的臉頰，「別想太多，想做什麼就去做。」

想了想，他低頭又說，「最近最好緊跟著我。」

秦苒看著他，這句話徐老之前跟她說過。她點頭，本來想問問程雋是不是知道這盒子裡的東西，不過看到程雋的反應，她大概能猜出來，他肯定知道。

她轉身，若有所思地往房間走。

「算了。」程雋看著她的背影，想了想還是伸手把她拉回來，「一起去書房研究。」

陳淑蘭留下的東西確實是寧邇的研究資料，秦苒坐在書房的桌子旁，看著上面的資料，裡面也如徐老所說，有一份名單。

陳淑蘭一直是寧邇的助手，當初方震博在陳淑蘭的葬禮上稱陳淑蘭為陳教授，顯然就是認出了她。

程雋開著電腦，和在美洲的程水視訊。

開完會議，他又出門接了通電話。

秦苒坐在椅子上看程雋的背影，一手敲著陳淑蘭留下來的名單，略微思索。

還沒想出什麼，放在手邊的手機響了一聲，秦苒低頭看了一眼，是京城當地的電話號碼。

她不認識。

怕是實驗室的人，秦苒伸手接起來。

電話另一頭是一道女聲，優雅冷靜：『秦小姐，妳好，我是歐陽薇。』

這個名字，聽在秦苒耳裡如雷貫耳，先是出現在程木、郝隊嘴裡，然後在一二九那邊頻繁出現，連徐老、秦管家那邊都會出現這個名字。

秦苒也動手查過歐陽薇的資料，都挺普通的，完美無缺，看不出任何疏漏。

沒有人比秦苒更清楚，越是完美無缺的資料，越是不簡單。

她在一二九查過京城秦家沒落的前因後果。

當初京城四大家族之一的秦家會被一個新興家族歐陽家取代，看起來好像很合理，但……

程雋。

秦苒往椅背上靠，態度無比淡然，她挑眉，直接了當地說：「有事？」

『沒什麼，只想約秦小姐見一面。』手機另一頭的歐陽薇聲音依舊優雅，『我這邊有件事，妳肯定會感興趣。』

秦苒垂眸，沒說話。從程木跟程溫如那幾個人的反應，秦苒就知道歐陽薇應該是喜歡程雋。

秦苒的情商不太高，但這麼明顯的事她自然能猜出來。

只是她一直很疑惑，程雋在京城風評並不好，大部分對他的評價就是沒有程家就什麼都不是，而歐陽薇在京城的關注度高得出奇，兩個人簡直南轅北轍。

這種情況下，歐陽薇這態度……

也太奇怪了。

「我感興趣的事，我自己會查。」秦苒翹著二郎腿，不太感興趣地說。

那邊的歐陽薇半點也不意外，聲音依舊優雅，『如果我說，是寧海鎮實驗室的爆炸案呢？秦小姐，妳要是感興趣，明天中心咖啡廳，我等妳。』

說完，歐陽薇掛斷了電話。

書房的秦苒坐在書桌旁，眼眸微微瞇起。

「在想什麼？」程雋從門外進來。

「沒什麼。」秦苒抬頭看了他一眼，心裡微微思索，歐陽薇的話不能全信，但她會知道實驗室的爆炸案，可能知道一些蛛絲馬跡。

無論是什麼，她對歐陽薇有了些興趣。

「明天我要去一趟程金的總部，」程雋也沒坐回去，只懶洋洋地靠在秦苒身邊的椅子上，「妳沒事的話，跟我一起去吧。」

秦苒「啊」了一聲，意識到他說了什麼，頓了下，「好。」

歐陽薇說的那個咖啡館就在程金總部的不遠處，剛好。

秦苒說完，微信跳出了一則新訊息，是陸照影的。

『明月妹妹在我這裡。』

秦苒手指一頓，她回了一句話給宋律庭，才問陸照影緣由。

＊

陸家——

潘明月在陸家客房裡，坐在床上，鼻梁上的眼鏡被拿下，目光有些迷茫，臉色蒼白，沒有絲毫血色，拿下眼鏡的那張臉乾淨漂亮，纖細的脖頸卻顯得有些脆弱。

陸照影在外面跟秦苒說了一句話，才敲門進來。

向來大剌剌的他看到床上的人，腳步頓了頓，然後把托盤放到床頭櫃上，才若無其事地開口。

「是跟那個姓封的吵架了？妳有什麼事，去跟他說清楚吧，說清楚就好了，別一個人藏著。封辭他其他方面我不清楚，但人品很好。」

說完，他抬了抬手，想要拍拍潘明月的肩膀，但伸到一半又縮回去摸自己的耳環。

「吃飯吧。」

說完後，他看了潘明月一眼。

潘明月抿了抿唇，她看著陸照影，「謝謝。」

陸照影看了她半晌後，笑了笑，「不會。」

轉身出了房門，剛關上門，就看到了陸母那張臉。

陸照影被嚇一跳：「靠？媽，妳怎麼神出鬼沒的？」

「看你多膽小啊。」陸媽媽雙手環胸，不屑地看了陸照影一眼，「就你這副德性，可別禍害人家小姑娘！」

陸照影：「……」

＊

門內，潘明月手上拿著手機，腦子裡回想著陸照影的話。

找出封辭的手機號碼，打了通電話給他。

電話響了一聲就被接起。

電話那邊的封辭等得很急，電話一接通就認了錯，並解釋：『明月，我跟她真的沒關係，都是高中朋友亂傳的……』

那時候的封辭跟林錦軒也意氣風發，封辭沒有否認傳言，就這麼亂七八糟地傳成了一對。

潘明月聽了很久，手指動了動，「我報警……」

『這件事就過去了，我們都不說了好不好？是我不對。』手機那頭的封辭撓著自己的頭，『妳現在到底在哪裡？』

聽著封辭的話，潘明月不由得閉上眼。她要的不是封辭敷衍的道歉。

她一字一句地說：「可是封辭，是他們不對。」

說完，潘明月就掛斷電話，頭埋在雙腿膝蓋之間。

電話再度響起。潘明月低頭看了一眼，是封夫人。

她有些麻木地接起了電話。

『潘明月，既然妳現在認清了要離開我兒子，就請妳不要再回來打擾他。』那邊的封夫人居高臨下地說，帶著些許嘲諷：『妳應該知道自己是什麼樣子，有哪一點配得上封辭？』

潘明月聞言，目光僵硬地轉向窗戶那邊，不知道想起了什麼，一雙眸子由冰冷變得無神。

手機裡沒了聲音，電話那頭的封夫人皺眉：『妳怎麼不說話？』

潘明月的手滑落，她喃喃地說：「確實不配。」

說完，不等封夫人回答，她直接掛斷了電話。

手機從手上滑落，有些無力地垂下了腦袋，一雙眼睛十分空洞。

另一邊，封夫人掛斷了電話。

她皺了皺眉，想起潘明月的最後一句話，她把手機隨手扔到桌子上。

「還算有自知之明。」

李雙寧坐在她對面的沙發上。

聽到這句話，她拿著茶杯的手微頓，一頭波浪鬈髮往旁邊滑落。

「封辭他……」

「在樓上，一天一夜沒出來了，在那邊折磨自己。」封夫人端著一杯茶，冷笑著開口，「也不知道那個潘明月有什麼好的，整個人陰陽怪氣。」

現在這兩人之間出了問題，封夫人自然開心。封家來京城半年多，雖然沒有待在雲城那麼風光，但也算是站穩了腳步。

潘明月的父母身分不明，封辭是封家獨子，封夫人怎麼樣也不會讓封辭娶她的。

兩人正說著，封樓城從門外回來。他一身寒霜，因為跟程雋見了面，整個人情緒有些低落。

李雙寧連忙從沙發上站起來，尊敬地叫了聲「封叔叔」。

封樓城看到李雙寧，只淡淡地打了聲招呼。

他看到沙發上放的購物袋，忍不住按了下太陽穴，看向封夫人。

「我讓妳送去給明月的東西，妳怎麼沒有給她？」

因為之前在雲城，他連累秦苒被誤會。現在的封樓城，不會開著車去送東西給潘明月，大學遠比高中恐怖。

封夫人看了那購物袋一眼，目光有些嘲諷：「封樓城，你做的缺德事還要我去幫你收拾爛攤子嗎？」

這聲音很刺耳。

封樓城一直隱瞞著潘明月的事情，讓封夫人懷疑潘明月是他的私生女，因為他怕毒梟還有餘黨沒有消滅。

這一年，錢隊跟郝隊在雲城掃清了餘黨。事情也跟程雋說清楚了，封樓城不相信這種時候，程家會沒辦法保護潘明月。

如今……

封樓城淡淡看封夫人一眼，「妳到書房來。」

李雙寧一看事情不對，連忙放下茶杯告辭。

封夫人跟著封樓城到書房，站在他的桌邊，因為潘明月的知難而退，她的心情比以往還好。

「你說吧，我看你今天能編出什麼花樣。」

封樓城從書房的保險櫃拿出一疊資料，重重地扔到封夫人面前：「自己看。」

封夫人隨意地翻了下文件。

翻開，整個人一愣，這是一份緝毒檔案，一直被封樓城保存著。

緝毒員警〇九七六：姚偉林。

「明月爸爸就是姚偉林，我曾經的手下。」封樓城看她一眼，冷漠地開口，「明月是孤兒，因為我的一次判斷失誤，她父母跟哥哥都因為緝毒案件被毒梟報復了。」

「那你為什麼要我待她像親生女兒一樣……」封夫人一愣。

她也不是不講道理的人，封樓城對潘明月的態度確實不對勁，又一直不肯說清楚，她才以為潘明月是封樓城那個初戀情人的女兒。

「姚偉林的身分特殊，明月從小就沒見過她父親。」封樓城點了一根菸，「第一次見面也是最後一次見面，我想盡可能補償她。」

至於精神病院的事，封樓城半點都沒說。

無論是誰，在精神病院待過，都會被異樣的眼光看待。除了程雋，封樓城不打算告訴任何人。

「那……」封夫人不知道該說什麼。

封樓城對這種事情心思不怎麼敏感，沒有發現潘明月跟封辭的關係。

封夫人知道了這個答案，心情難免複雜，但也不敢把潘明月跟封辭的事情說出來。

封夫人思緒混亂，她走出了書房，又看了眼封辭的房間。

「我明天去找她。」

沉吟半晌，最終還是沒說潘明月的事。

封夫人回到房間，從梳妝盒裡拿出了一張鑑定報告——是潘明月吃的藥。

鑑定報告很清楚，是精神類的藥，潘明月精神有問題。

封夫人把這份報告收起來，她雖然同情潘明月，但絕對不會讓封辭娶她，潘明月無論是身世還是其他方面……確實不配。

至於事實真相，封夫人也不打算告訴封辭。

＊

翌日，早上八點。

程金所在的集團總部樓下，程雋將車停好後傾身過去，隨手把她的安全帶解開，朝她這邊靠了靠。

「上去找個安靜的休息室待著？」

「不了。」秦苒看了看周圍，看到了歐陽薇說的那個咖啡廳，眉目舒展：「我去買杯飲料。」

程雋看她半晌，這邊是他的地盤，不用擔心，他伸手梳了把她的頭髮，才道：

「好，等我下來。」

五分鐘後，程雋直接推開門進入集團總部辦公室

辦公室的窗邊，背對著門的方向站著一道身影。

程雋抬腳把門踢上，淡淡地看向那人，雙手插進口袋，好看清雋的眉宇間神情冷淡，只是有些鋒銳。

「來了。」那人轉過身來，朝程雋笑了一下，鬢邊有些許白髮，聲音輕柔地說，「這麼多年沒管你，這次你應該知道我為何而來，玩夠了就收手，歐陽薇是我親自培養的完美人選。」

「這就是你扶持歐陽家的原因？」程雋沒有什麼動作，只淡淡抬頭。

聽到這句話，男人瞇眼看向程雋，略微一頓，最後搖頭。

「這麼多年，你還是沒有長進，當初就不該讓你被程家帶回去，養成了這麼優柔寡斷的個性。沒想到都這麼多年了還沒動手，你在程家人眼裡，甚至還沒歐陽薇重要。是不是忘了我告訴過你，你母親是死在程家人手裡的？」

說到這裡，男人微笑著，輕輕吐出一句，「你可真讓我失望。」

程雋就這麼聽著，插在口袋裡的手微微握緊，一雙漆黑的眸子沒什麼明顯的變化。

「沒其他事的話，我走了。」

他說著，轉身往門邊走。

手剛放上門把，背後的男人微笑著開口，「你現在擁有的都是我給你的，喔，對了，你有個駭客聯盟的朋友是吧？還跟你身邊那個女人是親人，那你應該也聽到了駭客聯盟會長易主黑鷹的消息吧？」

「真是可惜，你的一舉一動都掌握在我手裡。」

程雋放在門把上的手一頓。

他背對著男人，一雙眸子冷得發寒，沒回頭，只是拉開辦公室的門，一張清雋的臉滿是淡漠，直接走出去。

程雋離開後，辦公室內的男人走到辦公桌前坐好。

一個黑衣人悄聲無息地走進來。

「主子。」黑衣人低頭，恭敬地開口。

男人手指敲著桌子，幾乎看不到歲月痕跡的臉上不見半點怒意，只是靠著椅背：「你現在去讓人接管美洲的事宜，至於他身邊那個女人……」

黑衣人直接把手中的消息遞給男人。

「楊家的人，唐均的姪孫，駭客，確實有點能耐。」其他亂七八糟的資料男人沒多看，只略微搖了搖頭，隨手放到一邊，「既然不聽話，就別怪我了，我能讓他萬人之上，自然也能讓他一無所有。」

是有點能耐，但也僅此而已。

黑衣人低頭。

*

樓下，咖啡廳——

秦苒推開門進去，一眼就看到坐在窗邊的歐陽薇，她直接坐到對面。

歐陽薇已經點好了兩杯咖啡，把椅背推到秦苒這邊，朝秦苒禮貌地打招呼，姿態優雅，纖和有度，「秦小姐，久仰。」

這一句久仰說得模糊不清，又帶著其他意味。

秦苒找來服務生，讓她送一杯奶茶過來，她坐好，看向歐陽薇，形狀漂亮的眼眸微微瞇起，對上歐陽薇的目光，她點頭：「妳好。」

秦苒不急不緩的，淡定得有些出乎歐陽薇預料。

歐陽薇倒是多看了她一眼，「秦小姐果然有些出乎我的意料之外。」

秦苒看了看手機上的時間，直接打斷她，「歐陽小姐，有話直說吧，我時間不多，寧海鎮爆炸案的事情妳是怎麼知道的？」

「秦小姐看起來很著急。」歐陽薇攪了攪咖啡，她看著秦苒，身子向前傾，壓低聲音，「當然妳也知道我是一二九的偵探，手裡掌握的資訊很多，倒是可以告訴妳一點，當初大批研究員因為爆炸離世，跟妳身邊的人有關係，至於是誰，妳要我點出來嗎？」

說完後，歐陽薇看著秦苒，微微笑著。

秦苒沒有說話。

「您好，您外帶的奶茶。」身側，服務生把一杯奶茶放到秦苒這邊。

秦苒伸手接過奶茶，禮貌地朝服務生說了聲謝謝，才瞥了歐陽薇一眼，那一眼平靜極了，沒有絲毫猶疑之色。

「妳不相信我？」歐陽薇看了秦苒一眼，她點點頭，挺無所謂的狀態，「沒事，妳可以不信我，我只是把我知道的告訴妳而已。」

秦苒拿好手上的奶茶，口袋裡的手機正好響了一聲。

她低頭一看，正是程雋。秦苒直接接起，開了擴音。

那邊是程雋的聲音，不見平常的淡漠，反而透了些溫和的輕緩，他靠著車門，懶洋洋地笑著：『買杯飲料這麼慢？』

「來了。」秦苒拉開椅子站起來，朝歐陽薇看了一眼，「程少爺，有人告訴我，你跟寧海鎮的基地爆炸案有關。」

那邊的程雋一聽，眸色冷下來，他站直身體，聲音嚴肅地說：『妳在哪裡？沒事吧？』

這反應也在秦苒的預料之中。

秦苒朝玻璃窗外看了眼，「來了，別急。」

她也不等程雋說話，直接掛斷電話，瞥了歐陽薇一眼。

歐陽薇的意思是指程雋，但秦苒根本不信。

因為程雋找過一二九調查寧海鎮發生的一切。

在秦苒對面的歐陽薇根本就沒想到，秦苒竟然半點不信，就這麼直接了當地跟程雋坦白了。

歐陽薇抿了抿唇，她伸手按著桌子，看著秦苒的背影，忽然笑了一聲，意味不明地開口。

「妳可以不信我，跟他就算沒有直接關係，也有間接關係。十九個研究員的靈魂呢？妳覺得他們現在在看著妳嗎？」

秦苒腳步沒停下，歐陽薇說得沒錯。

十九個人……

那場爆炸，死了足足十九個人，整個基地全都毀於一旦。

秦苒把吸管插進杯子裡喝了一口。

朝停車的方向走過去，看到了似乎有點急躁的程雋。

「妳剛剛見歐陽薇了？」程雋正在找她，看到她之後，兩隻手放在她的肩膀上，一直都很淡定、手握乾坤自持的程雋眸底有些慌，一雙好看的眉擰起，「她跟妳說了什麼？妳別信她，妳想知道什麼，我全部告訴妳。」

秦苒抬頭看著程雋，笑了一下，把吸管塞到他嘴裡，「先喝口奶茶冷靜一下。」

當著孤狼的面，說自己是一二九的偵探，知道內部情報？

瘋了吧。

但凡歐陽薇說的是其他原因，秦苒或許可能會相信，但把一二九扯出來……

秦苒淡定地想著，日後歐陽薇知道了自己就是一二九的人，不曉得她會不會覺得她今天找的這個藉口有點蠢。

歐陽薇的話帶了點真實性，秦苒不會不信，但不可能全信。

總之，無論什麼原因，歐陽薇要挑撥她跟程雋之間的信任，那她這步棋就徹底走錯了。

至於歐陽薇到底是什麼人……

秦苒低頭，開始想秦家的事。

秦家從四大家族中除名就是因為歐陽家，後續因為秦陵的事情，她把秦釗關進了監獄，秦四爺手中的股權被秦苒拿走了百分之十八，接著又轉讓給秦修塵。

秦苒當時沒有追著秦四爺動手，是因為她沒有查到秦四爺幫秦釗的證據。最重要的是，秦四爺背後有歐陽家，秦苒不會在秦陵羽翼未豐的時候主動去找秦四爺的麻煩。

她作為研究院繼承人的身分曝光後，秦四爺心裡應該有一個秤，因此秦家可以暫時達到一個平衡點，這是當時她跟秦修塵討論出來的。

只是現在的話……

秦苒若有所思，她讓程雋拿好奶茶，「我覺得秦家那位老爺，傳說中的我爺爺，他的忽然離世有疑點。」

「確實有。」程雋看著她片刻，一直緊張不已的狀態總算放鬆下來，他一手拿著奶茶，一手把她抱進懷裡，「知道唐均是妳舅公之後，我也著手查了一點。以駭客聯盟會長的手段，不會查不到妳奶奶的消息，但駭客聯盟的人都沒有查到，背後一定有鬼。」

程雋抱著秦苒，不由得抬頭看了眼大樓，眸光晦澀。

半晌後，他斂起了眸子，鬆開手，「走吧，先回去。」

程雋開車帶著秦苒回去。

車子開走一段時間，歐陽薇才從咖啡館內出來，站在路口邊，眨也不眨地看著程雋的車離開的方向。

許久，歐陽薇才略微皺起眉，轉身朝大樓走去。

大樓內，程金正送一個合作商出門，看到歐陽薇，他頓了一下，微微彎腰，但聲音不見恭敬，顯得有些疏離。
「歐陽小姐。」
歐陽薇瞇眼看了程金一眼，「程金，現在都叫我歐陽小姐了？」
程金低頭，沒有回答。
歐陽薇收回目光，直接朝電梯的方向走。她到現在也不明白，金木水火土，當初只有一個程木相信她，讓她隨時能報告程雋的消息，其他四個對她避如蛇蠍。
兩年前，連唯一的程木也跟她越來越遠。
尤其程雋，這麼多年，為了躲她甚至到了幾年不踏入京城一步的地步，歐陽薇想不通這一點。
她垂下眼眸，掩下了眸底的殺氣。
按下電梯的門。

第二章　京城格局打破！失勢！

秦苒回到了亭瀾。

回去的時候，程溫如正坐在大廳內跟程木聊天，臉上的表情看起來很疲倦。

看到秦苒跟程雋兩人回來，她立刻站起來看向秦苒。

「苒苒，還沒正式地好好跟妳說一聲恭喜。」

她感嘆著跟秦苒說了好一陣子，才把目光轉向程雋。

「三弟，你怎麼回事，我打電話給你，你也不接？」程溫如看著程雋，微微嘆氣。

程木去倒了兩杯茶過來，一杯遞給秦苒，一杯放到程雋面前。

程雋隨手拿起茶杯，看了眼程溫如，淡淡開口：「沒接到。」

秦苒低頭，沒參與兩人的對話，只低頭跟陸照影聊天，詢問他潘明月的事情。

最近事情太多了，她按著太陽穴。

陸照影沒有回覆，直接打了通電話給她。

秦苒皺了皺眉，程雋跟程溫如在談事情，她想了一下，決定去樓上接電話。

樓下——

程溫如看著程雋的臉，不由得按著眉心。

「程雋，你到底在想什麼？我跟你說爸他病危，撐不住了，你也不回去看一眼嗎？」

程雋目光看向窗外，「嗯」了一聲，就沒說其他話了。

想伸手點菸，卻始終也沒下手。

「家族長老、堂主都在選舉下一任繼承人，明天上午。」程溫如自嘲一笑，「爸還活著，大哥就急著找下一任繼承人了，你說可不可笑。」

她說到這裡，再次看了程雋一眼。

程雋還是沒有動靜。

程溫如徹底不說話了，她拿著包包站起來，生氣地說：「顧醫生已經來過了，爸能撐的時間不多，你要不要回去看他，全看你自己決定。」

語畢，程溫如直接離開。

程木本來高高興興地在一旁跟林爸爸聊天，聽到兩人聊的話題，他不由得一愣。

最後他看了程雋一眼，程雋面色冷淡，看不出什麼表情。

他立刻傳了一則訊息給程金。

『大小姐說老爺快不行了，雋爺也不回去看他，我要不要勸勸他？』

程金讓他閉嘴。

程木有些鬱悶。

＊

程家——

程饒瀚一黨的人全都在祕密謀劃投票的問題。

「施厲銘不確定，大堂主跟二堂主肯定會選程雋那個私生子。」程饒瀚坐在書房內跟支持他的一眾心腹說話，「不過那個私生子沒有要當家主的想法，我當選的機率很大，那個秦苒……」

「她是個變數。」程饒瀚皺眉

一行人正說著，外面有人進來通報：「大少爺，歐陽小姐來了。」

「快請她進來！」程饒瀚連忙站起來，歐陽薇是他的頭號軍師。

沒多久，歐陽薇進了門，程饒瀚跟他的心腹全都站起來。

「歐陽小姐，」程饒瀚叫人倒了一杯茶給歐陽薇，「不知道妳現在過來所為何事？」

歐陽薇笑了笑，「聽說程家正在選舉下一位家主，我來送個好消息給大家。」

說著，她從包包裡拿出一份文件。

「這是什麼？」程饒瀚一愣。

程家其他家主也一臉困惑地看著這份文件，不確定歐陽薇拿來的是什麼。

歐陽薇低頭，喝了一口茶：「程大少爺，你看一下就知道了。」

程饒瀚直接伸手拿起這份文件，打開來一看。

這是一份鑑定報告。

親子鑑定報告。

一方是程老爺。

一方是……程雋。

鑑定結果——不匹配。

看著鑑定結果，程饒瀚不由得一頓，先是一陣恍惚，不太相信，又過了兩秒，他大喜：

「難怪，難怪！」

當年他就懷疑，他爸怎麼會好端端地帶了一個私生子回來。

如果程雋不是親生的，那一切就好說了。

程饒瀚把文件合上，朝歐陽薇彎腰，「歐陽小姐，妳真是幫了我大忙！我倒要看看，他沒有了程家三少這個身分，還剩下什麼！」

「舉手之勞。」歐陽薇放下茶杯，看了他們一眼，垂眸，斂下眸子裡的嘲諷，「在這裡先恭賀大少爺繼任程家下一任家主。」

程饒瀚大笑一聲。

書房內，其他人看到這份報告，也鬆了一口氣。

*

翌日，亭瀾——

樓下，程雋站在窗邊，跟顧西遲講電話。

「我爸他，撐不住了嗎？」他看著路上人來人往的樣子，不由得抿唇。

電話那頭，顧西遲放下手邊的研究，擰眉：『一直是強弩之末，用忘憂多延了幾年，確實不行了，早就傷到根基了，還比苒苒外婆多撐了幾年，就這兩天了。』

「我知道了。」程雋抿唇，他掛斷電話。

樓上，秦苒下樓，穿了件米白色的外套。

「要去哪裡？」程雋斂下眸子裡的思緒，伸手把她攬過來，淡定地低頭看著她。

「先去一趟學校找宋大哥，再去找陸照影。」秦苒偏過頭，「明月在他那裡，我擔心她。」陸照影在電話裡說得很模糊。
程雋點頭。
他看了秦苒一眼，他記得潘明月，聽秦苒提到她，他也正了神色。
「我跟程木先送妳去醫院，今天程家有事。」
程溫如昨天來找過程雋，之前也打電話給程雋，秦苒知道，她點點頭。
兩人出發。
程雋沒見過宋律庭，但查過宋律庭。在之前那種情況下，宋律庭跟魏子航都能把秦苒跟潘明月保護得很好，這個人的能力他信得過。
把秦苒送到學校後，他直接回程家。
今天開車的依舊是程木。
程木看了後照鏡一眼，不敢說話。

秦苒跟宋律庭約在京大見面。
秦苒到的時候，宋律庭正站在數學系的歷史光榮碑面前。
秦苒頭上戴著鴨舌帽，最近這段時間，她在網路上的照片少，尤其身上那股邪性沒了，多了幾分內斂的氣息，沒幾個人認出她來。

倒是宋律庭，不少人認出了他，幾個女生在一旁激動地討論著。

「宋大哥。」秦苒走到宋律庭身邊。

宋律庭沒說話，只是靜靜地看著光榮碑。

秦苒順著他的目光看過去。

就看到排在中間的潘明軒，潘明軒一張臉鋒芒畢露，不同於潘明月的內斂，清冷帥氣，一雙眼睛似乎有光，醞釀著暖色。

「宋學長，你也認識潘學神嗎？」數學系有人認出了宋律庭，激動地開口，「也對，你們是同鄉，肯定認識，果然學神認識的都是學神！」

數學系的學生說到這裡，頓了一下，最後可惜地看向潘明軒，「可惜，天妒英才。」

秦苒沒出聲。

潘明軒跟她一樣大，但他六年級跳級，國三就拿了ＩＭＯ國際賽的金牌。在這之後，高一、高二又接著拿了兩年ＩＭＯ金牌。

京大、Ａ大數學系的院長都找他談過，高三直接保送京大。

ＩＭＯ不足二十歲就能參加，因為跳級，潘明軒當時是ＩＭＯ年紀最小的金牌得主，報導一出來，就在數學界引起了一陣驚濤駭浪。

數學系的人都聽授課教授講過潘明軒的光輝歷史。

秦苒聽著身邊的人說的話，不由得捏了捏雙手，她偏頭看向宋律庭。

「宋大哥，我們先去找明月吧。」

宋律庭最後看了照片一眼，有些恍惚地收回目光。

他輕聲開口：「走吧。」

*

兩人從數學系出來，一路都沒怎麼說話，直接去了陸照影家。

陸照影跟陸母都在樓下等著，陸家傭人把秦苒跟宋律庭帶進來。

陸母知道秦苒是唐均的姪孫女，看著秦苒，有些侷促，目光轉向宋律庭，也一愣，宋律庭最近在京城呼聲也挺高的。

宋律庭禮貌地跟陸母還有陸照影打招呼。

「小苒兒，妳終於來了！」陸照影手摸著耳環，他的精神狀態似乎也有些不好，朝樓上看了一眼，「明月妹妹在客房，我帶你們上去吧，明月她不讓我告訴妳，但是我想想，還是跟妳說了，她現在的樣子很不對勁。」

電話裡不方便說，之前潘明月讓陸照影瞞著秦苒。

考。

陸照影說著看了宋律庭一眼，沒認出這個斯文俊雅的男人是誰，不過現在也沒時間思

三個人去了樓上，陸照影打開房門。

房間很暗，潘明月手裡拿著一本書，頭埋在雙膝上，不斷翻著書頁。

「明月，妳在幹嘛？」秦苒面色一變，直接走過去。

潘明月茫然地抬頭，「稽查官，我要考稽查官。」

秦苒眼眶一紅，她雙手緊握，幾乎看到了潘明月在精神病院暗無天日的樣子。

潘家三人死後，幾乎跟她差不多，在這之前的潘明月願望是當一名攝影師，在這之後她唯一活下去的信念就是考稽查官。

可之前，明月的狀態明明恢復正常了。

秦苒轉向陸照影，一字一頓：「怎麼回事？」

陸照影從口袋裡摸出了一根菸。

面對秦苒的問題他沒抬頭，只擰著眉開口。

「她沒讓我去查，你們倆自己看著辦吧。」

對於潘明月的事情，陸照影知道的不多，那天晚上見到潘明月就知道她狀態不好，但她什麼也沒說。

秦苒看了陸照影一眼。

她去了美洲半年多，陸照影代替她照顧過潘明月一段時間，潘明月不打遊戲，課餘時間幾乎全都用在讀書。

回來後，陸照影跟她還有連絡，但跟潘明月連絡的時間少了。

「明月，宋大哥先帶妳回去。」宋律庭蹲在潘明月身邊，想把她先帶回他在學校附近的公寓。

潘明月抬頭，一雙無神的眼睛漸漸在宋律庭臉上聚焦。

宋律庭沒再說什麼，只是沉默地站起來，先跟陸照影道了謝，才帶潘明月出去。

秦苒沒有跟著宋律庭走，等兩人出門了，她才皺著眉頭轉向陸照影。

「你真的沒查出什麼？」

陸照影笑得有點囂張，往牆上一靠。

「查了一點，那個封辭。」

封辭？

秦苒垂下眼眸，她聽潘明月說過封辭，他也是封樓城的兒子，秦苒是相信封樓城，但對封辭沒有過多關注。

眼下聽陸照影這麼說……

秦苒頷首，「我知道了。」

她跟著宋律庭出去。

陸照影卻又拉住了她的手臂：「她那狀態……」

「可能出了問題。」秦苒低頭傳了則訊息，也不想騙陸照影，「你知道明月的精神情緒狀態向來不穩定。」

秦苒擔心潘明月的狀態，沒跟陸照影多聊就直接離開。

陸照影站在門口，看著車漸漸駛離，不禁抿唇。

「苒苒跟明月走了？」身後，陸母出來，雙手環胸，瞥了陸照影一眼。

陸照影「嗯」了一聲沒說話。

陸母看了他一眼，就知道他在想什麼，嗤笑一聲，「你就繼續裝吧。」

說完，陸母便踩著高跟鞋離開。

陸照影被噎了一下，有些匪夷所思地看向陸母。

「對了，」陸母走到沙發邊，想起另外一件事，面色沉重，「聽說程老爺……」

陸照影收回目光，坐到陸母身邊，「身體出了問題，可能撐不到四月。」

「繼位的應該是三少爺吧，」陸母沉吟了一下，「不然的話，他在京城幾乎就無法待下去了。」

程溫如有自己的公司，現在還跟雲光財團合作了，是全球前五百強的企業。

程饒瀚跟程雋不和，他要是繼承程家，那程雋在程家肯定沒有現在好過，說不定還會被趕盡殺絕，連帶秦苒在研究院的背景也會被牽連。

這不是一個好消息。

陸母擔憂，京城……要大變天了。

陸母說完，看陸照影不怎麼著急的樣子，不由得挑眉，打探陸照影的口風。

「你看起來一點也不為你兄弟的未來擔憂。」

「擔憂，怎麼不擔憂。」陸照影隨口說了一句，看到江東葉傳來的訊息，就直接出了門。

陸照影出去沒多久，陸母就接到了電話。

她直接從椅子上站起來，愣住：「程家？程老爺？好。」

陸母說完，也匆匆掛斷電話，直接離開。

*

這邊，秦苒和宋律庭一起回到公寓。

宋律庭把潘明月安頓好，才看向秦苒：「封辭是怎麼回事？」

「就……」潘明月也只跟秦苒提過一點，秦苒頓了一下，默默開口，「就那樣啊……」秦苒含糊地說了幾句。

若不是現在這個時候，宋律庭肯定會生氣，說不定還會去見見那個封辭。

但潘明月現在這個樣子，他只是淡淡點頭。

秦苒的手機收到了一則訊息，她瞇眼看了下，「是封辭那邊的問題，宋大哥你找他聊聊吧。」

她把調查到的封辭連絡方式傳給宋律庭，就直接去看潘明月。

從陸家出來的時候，潘明月似乎已經恢復到以往的狀態了。

「苒苒。」潘明月坐在書桌旁，看著秦苒進來，她戴上眼鏡，從書桌上抬起頭：「又麻煩妳跟宋大哥了。」

狀態變換得太快了，秦苒不放心。

之前把潘明月託付給封樓城，就是覺得她這種壓抑的性格不適合把潘明月放在自己身邊，但現在封樓城這邊也出了問題。

秦苒微微抬頭，她拿著手機想了半天，也不知道陸照影那邊……

她擰著眉頭，手裡的手機瘋狂響著。

潘明月轉動目光看著窗外，似乎想通了什麼，靜靜開口：「苒苒，妳放心，沒考到稽查官，我不會死的，我跟封辭沒什麼事，我跟他……可能真的只是不適合。」
秦苒盯著潘明月看了很久，沒從她臉上看出什麼，最後點頭。
「好，宋大哥就在這邊，我有事先去程家一趟。」
潘明月輕輕頷首，看著秦苒離開，才拿出了口袋裡的手機，上面是封夫人的訊息。
『**我們約個時間聊聊吧。**』
潘明月看著這則訊息，半晌，她閉上眼睛，再度睜開時，眼睛又恢復了一片冷寂。
『好。』

*

秦苒下樓，才接起程木的電話。
宋律庭在廚房幫潘明月煮粥，聽到秦苒的電話，不由得抬眸，似笑非笑地說：「姓程的？」
他也去了那天徐校長的繼承人宴，順便聽人仔細介紹了程雋。
宋律庭想到這裡，不由得按著眉心，兩個人都不讓人放心，明月還比秦苒好一點，秦苒簡直是不可控。

那個程家一看就極其複雜。

宋律庭關小了火。

「是程木。」秦苒不太敢看宋律庭，她低頭按下接通鍵。

宋律庭跟程雋碰面，她也不敢想會發生什麼事。

那邊的程木聲音似乎有點急，『秦小姐，我在程家，妳快點來，出事了！』

程木的語氣很緊急，因此秦苒在宋律庭這邊也沒多留，直接開宋律庭的備用車去了程家。

宋律庭不知道他的車就這樣被開了兩張罰單。

秦苒到的時候，程木在程家大門口等她。

「秦小姐，快跟我過來。」程木直接帶著秦苒往裡面繞，在電話裡他不敢跟秦苒說實話，現在秦苒到了，程木直接開門見山地低聲說：「老爺快不行了，他想見妳最後一面。」

秦苒解開風衣鈕扣的動作一頓，猛地抬頭看向程木。

一雙冰冷的眸子裡滿是難以置信。

幾分鐘後，程老爺房間裡圍了一群人。

程家老老少少都在，程溫如、程雋、程饒瀚在最裡面。

程老爺靠在床頭，面色不見以往的紅潤，甚至有點發白，秦苒去美洲前才見過程老爺一面，那時候的他遠沒有現在這麼瘦弱。
「苒苒來了？」程老爺一直端著氣勢凜然的態度，此時眼睛卻有些渾濁。
「你們都出……咳，出去，我有事要單獨跟他們兩個說。」程老爺指了下程雋跟秦苒。
程饒瀚看著程老爺，皺了下眉頭，不過最後還是出去了。他將手揹在身後，一點也不擔憂。

房間內——
「苒苒，我……這裡，還有個東西要給……給妳。」程老爺一邊說著，一邊艱難地從枕頭底下翻出一個血紅色的吊墜，直接遞給秦苒。
秦苒抿唇，她半蹲在床邊，看著程老爺，朦朧的淚匯聚在一雙清冷的眸中。
「您……」
「你們要好好的，我現在也幫不了你們什……什麼了。」程老爺把兩人的手放在一起，「京城漩渦深，我會在天……天上看著你們的。」
程雋依舊沒有開口。
程老爺這才看向程雋，他艱難地笑了笑：「你……你從什麼時候知道的？」
「程金他們五歲來找我的時候，我就發現不對了，十二歲時自己查到的。」程雋淡淡開口。

「我大概猜錯了。」程老爺笑了笑，目光溫暖地看向程雋，「咳咳……我、我可能做錯了，你跟你爸並不像。」

程雋依舊沒有反駁，只淡淡地看向他。

「你小時候，我想把你養……養廢。」程老爺自顧自地開口，「什麼都任你用，你六歲開始就有無上限的信用卡，你的要求我從來不反駁，後來……我後悔了，可你似乎也察覺到了，幾乎不回京……京城。」

程雋小時候，程老爺不管他，只是把他交給程溫如帶，連程饒瀚都覺得程老爺偏心過度。

程老爺那麼睿智的人，對程雋卻一再放縱，一開始確實存著把程雋養廢的心思，只是程雋那時候事事想著他跟程溫如，程老爺就後悔了。

但那時……程雋已經發現了真相，跟程老爺越來越遠。兩人心知肚明，可誰也沒有戳破。

「忘……忘憂也是你提供消息給溫如的吧。」程老爺看向程雋，「溫如都跟我說了，還有她……她的公司……」

那時候，程老爺身體撐不下去，也是程溫如在拍賣場發現了這個，才讓情況緩解下來。

「您好好休息吧。」程雋抿唇，垂在一邊的手緊緊握著。

「兒……兒子，你會……會原諒我嗎？」程老爺看著程雋，目光似乎帶著期待。

程雋看了他半晌，沒有說話。

程老爺的一雙眼睛慢慢黯淡下來。

在他眼睛快要閉上的時候，程雋才抿唇，輕聲開口：「那時候，我恨自己不是您的親生兒子，現在也是。」

他沒說原諒。

「好……」程老爺卻滿意了，他握著程雋跟秦苒的手，一直蒼白的臉上忽然有些紅光。

他又陸陸續續說了幾句，然後靠在床頭，沒了聲音，嘴邊帶著笑。

秦苒跪坐在床邊，手裡拿著那塊血玉，愣了半晌才起身去開門。

離門最近的就是程溫如，她看著秦苒的表情，面色一變。

「爸他怎麼樣了？」

秦苒沒有說話，程溫如直接衝進去。

不久，房間內便傳來程溫如壓抑的哭聲。

大門外，一眾程家子弟面面相覷，低頭沒有再說任何一句話。

第二章　京城格局打破！失勢！

＊

程家老爺，程家上一輩在京城叱吒風雲的人物就這樣離世了，這在京城確實丟下了一顆震撼彈。

京城穩定了這麼多年的格局，因為程老爺的離世就此打破。

程老爺的墓地在京城西郊，下葬當天，天空下起了細雨。

秦苒走在徐老身邊，一群人站在山腳下，看著程雋、程溫如等人隨著靈車下來。

「沒想到老程就這麼走了。」徐老臉上也不見之前的熠熠神光，他只是看著送葬隊，「程家……」

他想到這裡，不由得看向秦苒，「程雋若不能成功拿到家主位置，妳跟他……」

徐老內心很複雜。

而在場大多數的人——歐陽家人、秦四爺等人、徐家其他人，看程雋的目光都不一樣了。

在場的人都知道京城的程家太子爺有老爺寵著，但現在老爺已經不在了，他可就……

程溫如下車，她把骨灰盒遞給程雋，面容有些疲憊，臉色也不太好，只輕聲開口：「爸生前最喜歡你，你來吧。」

程雋外面披著白色的孝服，低頭看著程溫如手中的骨灰盒。

還沒準備接過，身後剛下車的程饒瀚揚聲開口，「他不能接！」

程溫如擰眉，她的氣勢一向強悍，聽到程饒瀚這樣說，忍不住厲聲說：「住口，現在不是你胡鬧的時候，也不是計較長幼尊卑的時候！」

她只知道，程老爺肯定希望程雋來做這件事。

程饒瀚沒有管程溫如，只冷笑著看著程雋，「我不是胡鬧，他，程雋，根本就不是我們程家人！」

山腳下聚集了一群京城的豪門貴族。

程溫如自然不信，她擰眉：「你在胡說什麼！」

程饒瀚從手下那邊接過一份文件，扔給程溫如，似笑非笑地說：「我說什麼？妳自己看看不就知道了？」

說完，他也不等程溫如回答，直接拿走了程溫如手上的骨灰盒，徑直朝山上走去。

程饒瀚身後，他的黨羽跟著他離開。

大堂主跟二堂主面面相覷，直接看向程雋，「三少爺，大少爺他……」

程雋低頭，額前的碎髮遮住了他的神情，衣襟跟髮絲都被浸溼了，周身寒意凜冽，半晌，他才淡淡開口。

「沒錯，我不是程家人。」

說完，他抬腳，一步一步往山上走，人群中的秦苒跟在他身後。

連本人都承認了？

這個消息無疑給留在山腳下的眾人一個晴天霹靂。

他們面面相覷。

「竟然不是程家人，那依照他跟程饒瀚結下的仇……」

「這下可好玩了……」

「……」

一行人激烈地討論著這些，看著程雋背影的目光變得更加奇怪。

人群中，剛從美洲回來的徐二叔也震驚地看向徐老：「徐老，這……？」

徐老搖頭，「我也不清楚，但看程饒瀚那個態度，應該不是假的。」

若是假的，程饒瀚也不會拿到檯面上來說。

「那程三少現在的處境就危險了。」徐管家也略微變了神色，「我原本以為程三少的背景能穩固秦小姐研究院繼承人的位置，現在看起來，恐怕很難了。」

不只是徐家一行人在討論，還不到一個小時，在整個京城，程雋不是程家的親生兒子這件事，已經蓋過了程老爺去世的關注度。

＊

幾個小時後，葬禮流程結束。

程老爺的墓邊擺滿了花，幾乎所有人都走光了，只有程雋還站在墓前。

程老爺去世對程溫如的衝擊很大，不過她現在還在擔憂程雋的問題，只得暫時打起精神。

她拿著一把黑綢傘遞給秦苒，聲音有些沙啞：「我先回程家處理點事情，妳在這裡陪陪他吧。」

程溫如看了程雋一眼，她還是不肯相信。

程雋雖然不怎麼會表達，但對程老爺的態度她是看在眼裡的，千辛萬苦把地下拍賣場的忘憂擺到她眼前……包括她現在的公司。

程溫如挺起胸膛，直接轉身下山。

她回去跟程饒瀚還有一場仗要打，要是輸了，程雋在程家跟京城，幾乎是完全失勢的情況。

程溫如絕對不會允許這件事發生。

秦苒看著程溫如下山，才撐著傘走到程雋身邊。

程雋仰頭，伸手接過秦苒手中的傘，看著墓碑半晌才開口：「妳知道他為什麼要我原諒嗎？」

秦苒緊緊握住他另一隻手。

「我母親死在他手裡。」程雋輕聲道，「如他所說，他小時候還想養廢我，後來我才明白。但他又把我養大，沒有他就沒有今天的我，實際上也從沒虧待過我。」

程雋淡淡地說。所以即使他知道哪裡有忘憂，也從不開口。

知道顧西遲，也沒跟他說。

但……在秦苒問起他的時候，還是讓顧西遲跟江東葉見了面。

秦苒點頭，程雋知道這些的時候大概就是程溫如說過的十二歲。

十二歲知道親生母親死在養父手裡，養父想養廢他，但又是真的對他好。

秦苒握緊了手，無聲安慰。

「回去吧。」程雋最後看了一眼，才帶著秦苒一路下山。

他低了低頭，看了秦苒一眼，深吸一口氣。

＊

秦苒跟程雋兩人回到亭瀾，兩人都淋了雨，都回房間洗澡。

秦苒洗得比程雋快，下樓的時候，程木正要往樓上走，看到秦苒下樓，連忙開口。

「徐老來了。」

徐老跟徐二叔都在。

徐二叔現在看到秦苒，十分尊敬。

他恭敬地彎腰，「秦小姐。」

「徐老師。」秦苒朝他們禮貌地打了個招呼，才看向徐老。

「你們現在沒事吧？」徐老擰眉，他看向秦苒：「要不要先搬到徐家這邊？」

「不用。」秦苒搖頭。

徐老不太放心，「秦家那邊妳也要注意，歐陽家肯定會有所動作，妳知道我跟妳說過的，她不普通。」

現在程家出了事，他們肯定會出手。

聞言，秦苒點頭：「知道。」

她的態度過於淡然，徐老沉聲道：「現在京城局勢大變，你們要小心，歐陽薇那個人……我不是開玩笑。」

秦苒接過程木遞過來的茶杯，伸手往桌子上一放，笑了一下，但一雙眸子極冷，看不到笑意：「您是不是覺得，我們在程家失勢了，就能被京城隨便一個人掌控？」

徐老沒立刻接話。

程饒瀚敢在程老爺的葬禮上說這件事，手裡就一定有確鑿的證據，無論是程老爺的離世，還是程雋不是程家人這件事，對程雋的影響都太深了。

程家絕對不會讓一個外人來接任下一任家主的位置，曾經高高在上的貴公子一下子跌落到最底端，京城裡以前表面上對他恭恭敬敬的人，現在有不少都抱著幸災樂禍的想法來踩他一腳。

兩件事堆在一起，落差太大，徐老也擔心程雋的狀態……畢竟一般人都會受到影響。

秦家唯一能主事的人秦修塵現在遠在美洲拍戲，徐老這才匆匆趕過來。

發生程家這件事，未必能有好結局，江家、陸家還有各個與程家有關係的家族，整個局勢肯定會被打破，包括秦苒現在穩坐的研究院繼承人位置。

權衡利弊，秦苒跟程雋，尤其程雋現在的地位十分尷尬。

他向來不參與京城的任何事，手上也沒任何實權，若非要打起來，沒有程老爺在中間周旋，程雋肯定不會太好過。

「如果程饒瀚掌權，我不保證他不會對付你們，他那個人心胸狹隘，京城裡等著看你們落馬的人太多了。」徐老看向秦苒，略微思索。

他這句話說的沒錯。不說程雋，京城等著看秦苒笑話的人就不少。
秦苒頷首：「您放心。」
她看向樓上的方向。
程老之於程雋，無異於她外婆之於她。沒有程老在，他才能真正拿起「程雋」這兩個字，才會想清楚他跟程家之間的事，做任何事時也不會瞻前顧後。
徐老跟秦苒說了幾句現在的局勢才離開，秦苒跟程木把徐老跟徐二叔送上電梯。
「找人盯著程家跟歐陽家，還有苒苒他們現在的狀態。」
雖然秦苒說了不用擔心，想必她有一點倚仗，但徐老還是不太放心。
不過，還好徐二叔和徐家管理階層的人已經承認秦苒這個研究院的繼承人。
畢竟百分之一的美洲黃金市場占股，已經能贏得徐家大多數人的擁護。
徐二叔頷首：「我馬上安排人手。」
徐老沒再說話，只是沉著一張臉，他是真的很擔心秦苒。
電梯到樓下，徐老走出來，他抬頭看了看灰沉沉的天空。
這京城的天，恐怕真的要變了。

*

樓上——

秦苒一連接了好幾通電話，宋律庭、魏子航、林思然、葉學長……幾乎都在詢問她現在的狀態。

秦苒索性直接發了一則動態，電話才平息下來。

又過了兩個小時，秦漢秋跟秦管家等人也趕過來了。

「小程呢？」秦漢秋接過程木倒的茶，也沒喝，急得嘴上都長了水泡。

自從秦陵出事後，他就一直跟著秦管家，在認真學習處理秦家跟公司的事情，對京城局勢還有各方面的深層勢力也有了解，知道這一切對程雋是個多大的打擊。

「在樓上。」秦苒放下跟秦修塵通話的手機，她看著秦漢秋，大概知道程雋不是程家兒子這件事被傳得有多遠了，似乎有人刻意推波助瀾。

秦苒正說著，程雋正好走下樓。

他整個人除了表情清冷了點，狀態幾乎跟往常一樣。

「叔叔、秦管家。」他站在一旁，頭腦十分冷靜清晰。

「小程啊。」秦漢秋看著程雋嘆息一聲，他伸手拍了拍程雋的肩膀，「節哀順變。」

「謝謝叔叔。」程雋輕聲開口。

容色是說不出的寡淡，還帶著些微呆愣，但仍然很冷靜，還能分析現在京城的局勢。

他看向秦漢秋。

「秦家現在怎麼樣？」

「小程。」秦漢秋正色，「秦家的事情你現在不要擔心，一切都好，你這邊有什麼需要的，一定要跟我說。」

「那就好。」程雋看了眼秦漢秋，不太相信，但還是點頭。

秦陵第一次沒有鬧秦苒跟程雋，只抿著唇坐在沙發上，沒有說話。

他心裡清楚現在局勢不好，程雋的事情不過幾個小時就在圈子裡被有心人大肆宣揚，但秦漢秋跟秦管家還是避著秦陵。秦陵低頭看著手機，卻握緊了手。

秦漢秋晚上在這裡吃了一頓飯，確定秦苒跟程雋沒事才離開。

三個人下樓，阿文在開車，秦陵跟秦漢秋坐在後座，秦管家在副駕駛座。

「爸。」秦陵看著窗外的霓虹燈，一雙清澈的眸中變得堅毅，「我要去美洲。」

秦漢秋一愣。

秦管家也從後照鏡看秦陵，他擰眉：「小少爺，您要跟著舅公學習？」

上次秦修塵轉達過唐均的意思，只是秦陵沒答應。

以他的天分，自己摸索，加上陸知行偶爾抽空來指導就差不多了。

「嗯。」秦陵慎重地點頭。

他自己決定的，秦管家跟秦漢秋也沒有干涉他的想法，直接拿手機連絡了秦修塵，確定後才打給了唐均。

＊

京城金融大廈──

歐陽薇跟黑衣男人站在辦公桌旁，面對中年男人，臉上十分恭敬。

中年男人坐在書桌前，靠著椅背，「事情辦得怎麼樣了？」

「程水那邊被飛豹接管了，程火的情報堂也由其他分堂的人架空了，他們兩人正在飛機上，明天早上回國。」黑衣男人低頭，恭敬地開口，「少主他跟程家的關係被公開了，現在京城想要打壓他的人不少。」

「妳那邊也加快腳步。」中年男人溫和地看向歐陽薇，「他們那邊撐不了幾天就會回來求我。」

程雋之前有程老爺罩著，為人不算低調。以前在國內，有些人會忌憚程雋的身分，他一個月一次的手術大部分都會容忍，但現在……

中年男人點上一根菸，微微笑著，這些消息他已經散播出去了，光是這些求醫的人，程雋就難以負荷，更別說其他人。
「是。」歐陽薇嚴謹地抬手。
「妳在一二九查到了些什麼？」中年男人說完這些才看向歐陽薇。
「卡在中級會員，不過……」歐陽薇略微思索，「一二九的五個元老都不想參與這些事情，除了常寧，其他一個比一個神祕。」
常寧以前是恐怖組織的人，現在金盆洗手了，光明正大地示人，但他人脈還在。而巨鱷只聞大名不聞其人，其他人就更不用說了，基本上都不太清楚。
「有把握拉攏他們嗎？」中年男人沉吟半晌，看向歐陽薇。
一二九——全球最神祕的偵探組織，消息網羅世界各地。
常寧從小混跡非洲，巨鱷則在邊界，而晨鳥身手強到可怕，專注於國內跟混戰區，渣龍據說是國外某個皇族後裔，至於孤狼……誰也不曉得他屬於哪個勢力。
五個人是不算什麼，主要是常寧、巨鱷跟渣龍背後的勢力足以震懾其他人。
沒有人知道這五個八竿子都打不著的人為什麼會聚在一起，但因為這五個人可怕的組合，別說中年男人，美洲許多勢力都想收服。
歐陽薇搖頭，「很難，別說晨鳥跟渣龍，就算只有常寧一個也很難攻破。」
畢竟非洲恐怖組織還等著常寧回去。

「那他們為什麼駐紮在京城？原因查到了沒有？」中年男人手敲著桌子，看向歐陽薇。

「應該……也是因為隕石坑吧。」歐陽薇略微思索了一下，「我在一二九是中級許可權，僅次於幾大元老，一二九一直在收集二十年前隕石坑的消息。」

中年男人點頭，「那倒不奇怪，雲光財團的原因妳查到了嗎？」

「雲光財團的防備比較強，冷家已經有人成為實習員工進去了，但具體是什麼原因還不清楚。」歐陽薇搖頭。

她說的那個實習員工，自然就是冷佩珊。

兩人聊了幾句，歐陽薇才出門離開。她沒去其他地方，而是打了通電話給冷佩珊，才前往秦家老宅去找秦四爺。

「歐陽小姐？」

秦四爺十分震驚，雖然他這一脈已經投誠歐陽家，但歐陽家也只有偶爾隨意找兩個人來傳達兩句指令。

沒想到今天歐陽薇會親自過來。

歐陽薇一向優雅，她坐在左邊的位置上，接過秦四爺恭敬遞上的茶杯，朝另一邊抬了抬下巴。

「你先坐。」

「是。」秦四爺畢恭畢敬地坐下。

「程家的事你現在也知道了。」歐陽薇淡淡開口。

聞言，秦四爺面容丕變，他連忙站起來：「讓歐陽小姐失望了。」

「無妨，現在正是你拿回百分之十八股權的好時機。」歐陽薇笑了笑。

聞言，秦四爺頓住，「可，徐家那邊……」

他手段向來狠辣，目前程雋失勢，對他來說算是鬆了一口氣，但秦苒現在還是徐家研究院的繼承人，看她面子的人也很多。秦四爺現在極其低調，只要秦苒不注意到自己就心安理得了。

此刻歐陽薇要他對付秦苒，他確實是瞻前顧後。

「徐家？你以為研究院繼承人的位置那麼好坐？」歐陽薇搖頭，徐家又不是做慈善事業的，有秦漢秋那麼大的缺口在，徐家會傻傻地去補洞？

「放心，徐家還不敢得罪我，這件事他們也參與不了。」

徐世影不是傻子，為秦家這件事得罪歐陽家，他是不會做的。

在京城風暴中心的人，誰不戰戰兢兢的？做慈善也要看自己有沒有做慈善的實力。

「你上次說，秦家主系那邊，有一樁大型合資案？」歐陽薇伸手介紹了身側的冷佩珊，微笑道，「這是我表妹，冷佩珊，你們可以討論一下對策。」

秦四爺本來也是有理想抱負的人，不然也不會從渺小的旁系爬到今天這個位置。他有魄力，也有膽量，現在又有歐陽幫忙撐腰，甚至連她自己的表妹都塞過來，他的思考活絡起來。

半晌後，他堅定點頭：「好，歐陽小姐，我絕對不負妳所望！」

歐陽薇勾起嘴角，她低頭，喝了一杯茶。

*

秦語這段日子不太好過。

她轉了系，知道她發生過什麼事情的人少了許多，沈家跟林家人表面上因為秦四爺的關係恭維她，但她心裡也知道，這些人內心肯定在嘲笑她失去了秦漢秋跟秦修塵，尤其是秦苒。

寧晴這段時間的狀態越來越恍惚，秦語了解寧晴的個性，以後她會越來越偏向秦苒，甚至把錯怪到自己身上。

直到今天，程雋的消息傳出來，秦語的心情才稍微好了一點。

她拿著手機，看著收到的消息，不由得晦澀地笑了聲：「沒錯，就是這樣，這樣才符合你們的身分……」

門外，寧晴顯然也收到了這個消息。

她拿著手機走進房裡，看向秦語：「我要不要打個電話給他們……」

寧晴現在說不後悔是不可能的。

她更清楚，她現在在沈家地位這麼高，跟秦苒不是沒有關係。秦苒跟她幾乎沒了母女之情，這一點，寧晴根本不敢跟沈家透漏。

「打什麼電話？」秦語看向寧晴；她知道自己不應該對寧晴這麼說話，但心中的嫉妒難以言喻，嘴上更是忍不住嘲諷，「妳以為妳還能跟她修復關係嗎？老實告訴妳，爸那邊都快垮了，歐陽家還幫秦四爺出手，這個電話要不要打，妳看著辦。」

「小心東窗事發，秦四爺他們怪到妳頭上。秦苒會幫爸，但妳覺得她會幫妳嗎？」

儘管她知道就算秦漢秋他們垮了，自己還是不如秦苒，秦語依舊忍不住尖酸刻薄，因為她明白寧晴唯利是圖的心。

果然，聽到自己這麼說，寧晴拿著手機的手頓了一下。

她看著手機，剛剛從秦語那裡知道秦四爺要對付秦漢秋，但要不要告訴秦漢秋？她很糾結。

怕真就如秦語所說，秦四爺會找她麻煩。

想了半晌，寧晴還是關上手機。

秦漢秋已經把她的電話加入黑名單了，至於秦苒，她從未打通過秦苒的電話，秦苒大概不知道，她藉著她的名義在沈家跟林家混。

「真的很危險嗎？」寧晴看向秦語。

秦語看她一眼，冷笑道：「秦苒一向不管妳，妳也知道妳現在是靠秦四爺的名聲，秦四爺若是替沈家跟林家出手，妳覺得秦苒會幫妳？」

寧晴回到房間，想了半晌，還是沒有嘗試連絡秦漢秋。

秦語的提問，她不用想就知道答案。

不會，秦苒不會管她。

秦苒從小就是這樣的個性。在雲城，秦苒說了跟她以後不再有任何關係，從那以後，她連秦苒的正臉都沒見過。

甚至在陳淑蘭逝世時，她也沒有跟秦苒說到任何一句話……

第三章　重新出山

翌日，亭瀾——

秦苒一早起床，準備去研究院報到，她已經有好長一段時間沒去研究院了。

剛從樓上下來，就看到程水跟程火坐在餐桌旁。

「大……」程火性格急躁，他看到秦苒，連忙站起來，「咳咳，秦小姐！」

秦苒遲疑了一下，「你們兩個怎麼回來了？」

程火看了眼程水，沒開口。

「我們從彼岸莊園退出來了。」程雋從書房出來，幫秦苒拿了杯牛奶，今天他的狀態似乎恢復了，淡淡開口：「彼岸莊園是那人的地盤，當初那邊好接管非洲的鑽石，我就把程水跟程火安排在那裡，前幾天他們兩個被那人遣散了。」

好在程水管人很嚴格，彼岸莊園裡信服程雋的人不在少數，知道程雋跟鑽石的事情的人也只有馬修，關鍵是馬修死都找不出證據。

「沒事吧？」秦苒喝了口牛奶，擰起眉頭。

「沒事。」程雋淡淡地說，「吃完我送妳去研究院。」

程雋向來不會跟她客氣，要是真的有事不會不找她，秦苒點頭，放心了。

今天她本來打算讓程木送她，但程雋開口了，她也沒說什麼。

秦苒吃完就去門邊換鞋，程雋吃得快，便站在門口等她，等秦苒換好了，兩人才一同出門。

電梯還沒下來。秦苒披上大衣，才偏頭看了看容色清冷的程雋，有點不像他往常的樣子。

程雋伸手握住她的五指，不緊不慢地扣入指縫，目光深沉地看著電梯樓層。

在很久之前，他就預料到會有這麼一天。

他的親生父親把他當成籌碼，養父是他的殺母仇人，還曾經想養廢他，甚至連他自己都有一段時間在自暴自棄。他以前也跟秦苒一樣，覺得世間大多數的事都沒什麼意思，被人打傷了，就去雲城養傷。

他唯一沒有料到的，就是這一天來得比想像中還要快，他卻比以前多了十二萬分的從容來面對，因為有一個人會一直與他相伴。

叮——

電梯門打開。

他從前是不想爭，可現在……

程雋走進電梯，一雙黑色的眼眸越來越深沉。

程雋把秦苒送到研究院門口。

「晚上叔叔那邊我就不過去了，幫我跟小陵打聲招呼。」

秦陵明天就要去唐均那邊，這一去就不知道會去多久。

程老爺剛離世，程雋也覺得自己晦氣，不想就這樣去雲錦社區，至少要過了頭七。

「我知道。」秦苒點頭，「晚上讓程木來接我就行。」

＊

晚上五點，秦苒跟程木抵達雲錦社區。

以往這個時候，秦漢秋一定在廚房做飯，但今天秦苒一進門，沒有聽到熟悉的做飯聲，只有燉湯的香味。

秦管家也不在，只有秦陵從房間跑出來看她。

她看向替她倒茶的阿文，微微瞇起眼：「我爸呢？」

阿文面色正常，恭敬地回答：「二爺他回總部處理事情了，應該馬上就能回來。」

秦苒去廚房看了一眼，秦漢秋大概是匆忙之中離開的，她看了看阿文又看向程木，言簡意賅地說：「去秦家總部。」

第三章　重新出山

阿文還站在原地，「小姐？」

秦漢秋剛剛接到電話就走了，秦修塵手握百分之十八的股份，在秦氏總部的局勢已經趨於穩定。

雖然秦苒並沒有說要回秦家，但以她現在在京城占據的地位，總部大部分的股東跟高層多少都會看秦苒的面子。

阿文不知道秦氏總部發生了什麼事，但他覺得秦四爺應該不敢再鬧事。

「阿文叔叔，我姊姊她……」秦陵剛見到秦苒，只說了一句話，秦苒就又匆匆出門。這種無法融入的感覺，讓秦陵不由得抿了抿唇。

「應該不會出什麼大問題。」阿文想了想，搖頭，「四爺他也不敢亂來，我去看看二爺的湯時間到了沒。」

阿文匆忙地低頭看了下手錶上的時間，「二爺說二十分鐘後就要關掉……」

*

秦苒讓程木把車開到總部。

現在接近七點，總部大樓的燈還亮著。

秦苒知道秦漢秋自從秦陵受傷之後，就在總部上班，但並不知道他在哪一層的辦公室裡，她站在玻璃大門前，大門感應後自動打開。秦苒目光一掃，直接朝櫃臺走去。程木大馬金刀地走在她身後。

秦苒屈指敲了櫃臺的桌子，禮貌詢問：「秦二爺在哪層樓？」

這個時間的總部人不多，櫃臺人員也在加班，聽到聲音，她猛地抬頭，一眼就看到了秦苒，伸手指著她「妳妳妳」好一陣子才反應過來。

秦苒現在在秦家的知名度不低。

「在十九樓。」櫃臺人員開口。

「謝謝。」秦苒頷首，直接朝電梯走去。

程木已經按了按鈕，秦苒到的時候，電梯門正好打開，她走進去，門緩緩闔上，透過門縫，能看到她的表情有些冷漠。

秦苒不願意花費時間在爾虞我詐中，但不代表她不懂。

程雋的身分在京城被揭開，她在研究院都受到了影響，秦漢秋、徐老跟程雋都問過，可能會出問題。

畢竟向來都是錦上添花多，雪中送炭少。

秦家的事情只要不觸及秦苒的底線，她基本上都不會多管，畢竟一個偌大的家族，總要有自己的章程，除了上次秦陵受傷，那百分之十八的股份她動了手，其餘她都沒插手。

但這次不一樣。

叮——

電梯門打開，秦苒抬頭。

十九樓呈環形的樣子，中間是服務臺，幾乎所有辦公室的燈都關了，只剩下幾盞。

秦苒直接朝最大的一間辦公室走去。

*

辦公室內，秦漢秋跟秦管家鄭重地坐在會議桌旁，會議桌旁的人不少。

秦漢秋跟秦四爺各自的團隊，還有秦部長等人都在。

自從秦苒把股份轉給秦修塵之後，秦漢秋就開始參與公司的工程，這次是大型啟動引擎的開發合資案。

秦氏中了標，秦漢秋跟秦四爺在其中都占有分紅比例，兩人雖然面和心不和，但這件事牽涉到秦氏的整體利益，所以才會合作，但沒想到秦四爺會在這個時候臨時變卦，打算帶著他的團隊退出這件合資案。

「四爺，你是在開玩笑嗎？」秦管家看著秦四爺身邊坐著的年輕女人，眼底一沉，自從發生程雋的事情以後，他就知道秦四爺肯定不會安分，「你帶領你的團隊退出合資案，傷到的不僅僅是秦氏的利益，還有秦氏的信譽問題，你到底在想什麼？」

「不。」秦四爺微微笑著，他看了秦管家跟秦漢秋一眼，「我跟冷小姐有了新的合資案，是大型網路安全系統，至於引擎開發，這一部分是二哥簽的，自然由你們負責。」

秦四爺笑得非常儒雅：「當然，我記得你們已經投了五億吧，現在手上的資金還夠嗎？不夠可以用百分之十八的股份跟我交換，我不會虧待你們，按照市場價來。」

「你！」秦漢秋認真起來，他學得不慢，對公司的事情也有所了解。

聽到秦四爺的話，他緊緊握住手裡的檔案，手背青筋畢露，一向憨厚的表情此時看起來如同困獸。

秦四爺現在已經淡定下來，今天京城沒有半點程雋的風聲，他不是程家人已經是事實了。

「二哥，您想好了嗎？」秦四爺微微笑著。

「想讓我把股份賣給你，不可能！」秦漢秋搖頭。

秦四爺點頭，他淡淡地喝了一口茶：「行，那就看看，會不會有人跟你一起做這個合資案，要在短時間內找到一個團隊，秦管家，你知道這難度的究竟有多大吧？」

涉及到五億以上的投資，就算有人做慈善，能這麼慷慨地做慈善？

即使秦苒跟程溫如有交情，但哪有那麼深厚的交情值得如此揮霍？

秦漢秋跟秦管家都沒有說話，尤其是秦漢秋，漆黑的瞳孔在頭頂的燈光下映照得明暗不定。

他在腦中迅速權衡利弊，大不了去銀行借貸，最糟糕的結果就是合資失敗，秦修塵的百分之十八股份被拍賣。

秦漢秋正想著，大門就被推開。

這聲音驚動了辦公室內的其他人。

看到她，秦漢秋愣了一下，「苒苒，妳怎麼來了？」

秦苒這名字在秦家知名度太高，隨著他的聲音，所有人都朝大門的方向看過去，一時間大家都面面相覷。

坐在秦四爺身邊的冷佩珊也看了秦苒一眼，目光落在秦苒背後的程木身上，臉色不變。

她之前就知道程木的存在，只是當時她沒有在意，以為那是秦苒的男朋友，誰知道後續發生的事情沒有一件在她的預料之中。

秦苒走到秦漢秋身邊，拉開空椅子坐下。

她翹著二郎腿，掃了辦公室內所有人一眼，下巴抬起：「沒事，你們繼續，我就聽聽。」

秦苒不知道發生了什麼事，只看了秦管家一眼。

程家現在的狀況也很讓人頭痛，秦管家本來不想讓秦苒管這件事，但秦苒問起，他也就簡略地說明一下。

秦苒掃了冷佩珊一眼，聽完秦管家的話，她微微點頭。

坐在對面的秦四爺看到秦苒就變了臉色。雖然現在程雋失勢，秦四爺還是很怕秦苒，就算背後有歐陽薇撐腰，秦四爺也怕徐家。

一個外姓人能爬到研究院繼承人的位置，秦四爺怎麼可能小看秦苒。

歐陽薇的話在耳邊迴盪，不成功便成仁。秦四爺硬著頭皮開口，再度重複了一遍。

「你想好沒有？」

秦漢秋拿著筆，沒有立刻開口。

秦苒伸手敲了敲桌子，她把手放在嘴邊，輕聲開口。

「同意他退出這項合資案。」

秦漢秋點頭，他也是這麼想的。找銀行貸款，也是一條出路，說到底都是百分之十八股權的問題。

秦漢秋一邊想，一邊看向秦四爺，「好，我們的合約在此結束。」

兩方乾脆俐落地解除了合約。

大概是因為有秦苒的參與，不過秦漢秋下決定還是太過乾脆了，讓秦四爺忍不住懷疑。

秦四爺拿好合約，瞇眼看向秦漢秋，半晌才收回目光，跟冷佩珊一起離開。

「冷小姐。」秦四爺總覺得秦苒是這裡面最大的變數，他遲疑地看向冷佩珊，「秦漢秋那麼冷靜，這件事不會出問題吧……」

冷佩珊搖頭，她長長吁了一口氣，「她可能不缺錢，但這麼多流動資金，就算是銀行也需要時間調動，最主要的是，他們的團隊需要硬體跟軟體工程師，這可不是短時間內拿出錢就能解決的，我們先做自己的工程吧。」

冷佩珊說到這裡，想了想，看向秦四爺：「這種人我們也缺，你去跟秦氏總部的其他人說，無論是哪位技術人員，只要他們願意過來，你都收。」

這釜底抽薪的手段是真的狠。

願意來的人肯定不少，畢竟想要往上爬的人太多了，再加上，秦漢秋他們團隊資金緊缺的事情很快就會傳開。

秦四爺看了冷佩珊一眼，然後著手讓人去安排這件事。

＊

秦苒還坐在辦公室裡，秦漢秋在跟秦氏工程部總部長的人在商量後續的事，她則拿過策畫案翻了翻。

策畫案很厚，從實地調查、資金跟人員調度，一共有四十多頁。

秦苒一目十行，等秦漢秋他們商量完，她也看得差不多了，知道秦漢秋他們現在最為棘手的問題。

授人以魚不如授人以漁，秦苒一直懂得這個道理，緊缺的資金她拿得出來，但拿出來的意義不大。

她手指敲著桌子，心裡有了對策。

「苒苒，我們先回去吧。」秦漢秋伸手拍拍秦苒的肩膀，然後皺眉：「我的湯不知道阿文有沒有看好。」

他看起來還挺急的，直接拿起外套，回雲錦社區。

秦漢秋一行人離開，辦公室內其他人面面相覷。

秦漢秋確實有點不太正經。

這些人收拾東西，一邊思索一邊準備回去，門又突然被人打開。

是秦四爺的心腹，他禮貌地看向辦公室的人，轉達了冷佩珊的意思：「冷小姐說了，希望大家好好考慮，我們歡迎你們的加入。」

說完後，他朝眾人點點頭，直接離開。

半晌，其中一個工作人員才回過神來，他看向工程部的秦部長，頓了一下：「秦部長，這……」

秦部長沒有說話，沉默著離開。

其他人都低著頭，認真思考秦四爺心腹說的那句話。

＊

秦漢秋回去又做了好幾道菜，雖然秦氏現在出了問題，但秦漢秋還算淡定。

秦家這一頓飯吃得也滿開心的。

「小程喜歡吃這個排骨還有湯，他今天沒來，妳幫他帶回去。」菜是秦漢秋早就留好的，他抬了抬下巴，「這次比上次的還好吃，妳叫他一定要試試。」

秦苒沒讓程木拿，自己接下食盒，低頭看了看，「好，我會轉告。」

「最近我恐怕也會有點忙。」秦漢秋拿著毛巾擦了擦頭，眉頭擰了擰，「應該沒有什麼時間去看你們，你們兩個要照顧好自己。」

秦苒只安靜地聽著，聽完秦漢秋的叮囑，才小聲跟秦陵說了幾句話，就程木一起回去。

來回秦氏總部來回一趟，到達亭瀾的時候，已經是十點多了。

這個時間，程木沒跟秦苒上樓，直接在下一樓走出了電梯，秦苒回去的時候，大廳裡的燈還是亮著的。

程雋坐在沙發上等她，手裡無意識地拿著遙控器，沙發對面的壁掛電視正無聲地播放。聽到聲音，他抬起眼睛。

「我爸要給你的排骨跟湯。」秦苒把食盒放下，又去廚房拿了碗筷出來，看向程雋，「吃吧。」

程雋這幾天都沒什麼吃。

她去樓上拿了電腦下來坐在程雋對面，伸手打開了檔案，她簡單掃過一眼，就在檔案的每一頁右下角加上罌粟花標誌。

程雋喝了一口湯，抬頭看了她一眼，「寫論文？」

「不是，幫我爸寫個東西。」秦苒伸手敲了幾個字。

她在寫跟秦漢秋的合作案，這其中有很多部分需要諮詢陸知行跟程雋的意見。

她忽然又想起一件事，傳了一則訊息給陸知行。

『我的公章還在嗎？』

陸知行先回覆了一個問號，才接著回了個「嗯」。

『妳還記得妳有公章？』

說的是 poppy 的私人公章。

秦苒瞥了眼，頓了一下。

『明天找人拿給我吧。』

回完，秦苒放下手機，不緊不慢地敲著鍵盤，面色沉冷。

她以前覺得沒什麼可留戀的，所以對一切都很淡然，尤其是知道了陳淑蘭傷勢的時候，她對很多事情的熱情都熄滅了。

包括遊戲、一二九，還有雲光財團……

可現在不一樣。

秦苒敲著鍵盤。

程雋坐在對面把秦漢秋替他準備的飯吃完了，走去廚房洗碗。

他吃得很慢，秦苒的字卻還沒打完，看到他吃完了，就放下寫到一半的檔案，關上電腦跟著他走到廚房。

廚房內，程雋已經洗好了碗，拿毛巾把手擦乾，這才轉身看向秦苒。

他頓了下，「不用擔心我。」他向前走了兩步，停在秦苒身邊，低頭傾身，伸手環住她，似乎輕嘆了聲，「我早就預料到會有這麼一天，不算太意外，也有了準備。」

他沒說，這種情況已經是他預料到的最好情況。

又過了一天。

秦苒終於擬完了所有的企畫跟合約，她看過一遍，確認沒有問題，才列印出來，用釘書機訂好，下樓。

程木、程火、程金還有程水都在樓下，只缺了一個秦苒從未見過的程土。

「秦小姐！」看到秦苒，程水等人立刻站起來。

這四個人也是奇葩，尤其是程水跟程火，明明職位都被架空了，現在卻一點也不著急的樣子，每天照常該吃就吃、該睡就睡。

「秦小姐，您要去雲錦社區嗎？」程木一看到秦苒穿好外套，就知道她要去哪裡，「等我下去換件衣服。」

秦苒坐在程雋身邊等程木上來。

程木剛下去沒多久，大廳門外的門鈴就響了。

「誰啊，現在過來？」程水一邊說一邊去開門。

自從程雋的事情發生後，京城裡看笑話的人居多，程水想不到還有誰會在這個時候過來。

他剛打開門，就看到了站在門外的程溫如。

程溫如一身氣勢依舊強悍，穿著一身素衣，看得出來她最近精神狀態不是很好，整個人消瘦了很多。

「大小姐？」程水驚訝地看向程溫如。

程溫如看到他，也微愣，「你怎麼回來了？」

「沒事情，就回來了。」程水說得模棱兩可，他側身讓程溫如進來，並對程雋說：「老大，大小姐來了。」

「我今天不是來找他的。」程溫如瞥了程雋一眼，似乎不太想理他，而是看向秦苒，按了按眉心：「苒苒，我剛剛才聽說秦家的事。」

程老爺剛逝世，最近程家很亂。秦苒確實沒有想到，程溫如還在注意她的事情。

「竟然都傳到妳這裡來了。」秦苒低頭，慢條斯理地將釦子扣好，淡淡地開口。

看來，等著看笑話的人還真不少。

「秦家那邊缺的不僅僅是資金。」程溫如思忖了半晌，她處理這方面的事情時縱使格外敏銳，「我會放消息出來……」

「不用了，程姊姊。」秦苒伸手舉了舉手裡的文件，表情也緩和不少，「妳先處理程家的問題，秦家那邊有我。」

她剛說完，程木就換好衣服跟鞋子上來了，手上拿著車鑰匙。

秦苒和程木一起離開，想了想，又側身看向程雋：「你陪程姊姊好好聊聊。」
聞言，剛想要起身的程雋頓了一下。
他抬眸，清雋的眉眼看向程溫如半晌，開口。
「有什麼事，去樓上書房說。」

＊

程木把車穩妥地開到秦氏總部。
今天星期六，秦陵昨天就去美洲了，秦漢秋最近手邊的案子有問題，假日他也照常去總部上班。
秦苒到的時候，秦管家正在跟人講電話。
「李總，這個合資案……」他坐在辦公桌前，正在拉合資。
這些合資人都是以前說好的。
『抱歉，秦管家，我們公司的資金最近實在周轉不過來……』電話那頭的李總抱歉地說。
秦管家掛斷電話，這已經是他今天第三次被婉拒了。
他心裡很清楚，並不是什麼周轉不過來，不過是看秦氏最近形勢變了。

但商人就是這樣，只看重利益。秦漢秋這個引擎的開發風險太大了。

「您怎麼來了？」

匆忙中，秦管家看到秦苒，微微一愣，他掛斷電話。

「您先坐，我去找二爺。」

秦苒還沒說不用，外面的工作人員就匆忙走過來，著急地開口。

「秦管家，工程部一組的人離開我們的團隊了！」

秦管家一愣，他腳步頓了一下，點點頭，眼神沉下，沒說什麼。

這件事從最近就一直有風聲，他也不太意外。

他抬腳，剛要出門找秦漢秋，秦苒就在他身後叫住了他。

「秦管家，人該走的都走了吧？」

秦管家回頭，不知道她這話是什麼意思。

秦苒輕笑一聲，她低喃：「我也想知道，四維引擎做出來會有怎樣的效果呢。」

她看向秦管家，把文件遞給他。

兩年了，她都沒再繼續那引擎的研究，今天她就重新開始，試試跟智慧型管家同時代的四維虛擬引擎會掀起怎樣的風浪。

「這是什麼？」秦管家沒聽楚清秦苒說的話，低頭看了看秦苒遞給他的東西，是密封好的文件。

秦苒沒回，只是反問：「你們的發表會在什麼時候？」

秦家投資這麼大的案子，有一場新聞發表會。

這不僅是秦漢秋第一次在秦家正式露面，還是宣傳這次工程的首要流程，只是現在這種情況，這場發表會不知道有沒有必要舉行。

不說京城，光是秦家，就有很多雙眼睛盯著秦漢秋，等著看他們出糗。

秦管家頓了一下，才緩緩開口：「下個星期三。」

也就是四天後。

秦苒看了看時間，笑道：「好，你先去處理辦公室的事。」

最近兩天，秦管家確實頭疼這些事，沒有多想就拿著文件和秦苒說了一聲，便往辦公室的方向走。

辦公室內，秦漢秋雙手撐著桌子，眉眼間也染上些許鋒銳的氣息。

辦公室內有不少人。

「許組長，你們這兩天把工作交接一下，有幾個新人。」秦漢秋內心煩躁，面上卻不動聲色地看向為首的一組組長。

許組長，秦漢秋手下一組的組長許雲豪。

「二爺，抱歉，我們手上有其他工程。」許雲豪四兩撥千斤，「要交接的工作你讓部長他們處理一下，我們組的人很忙，沒有時間。」

「許雲豪，什麼叫沒時間。」秦部長拿著隨身碟站在秦漢秋身前，此時一聽，怒道，「你連職業道德都不要了嗎？」

秦部長還想說什麼，就被秦漢秋伸手打斷了，秦漢秋抬手，拍拍秦部長的肩膀。

「許組長，你們把位置空出來讓給新人就行。」沒多說其他的。

許雲豪笑笑，「謝謝二爺。」

他轉身直接離開，臉上還帶著不以為意，果然跟秦四爺說的一樣，現在的秦二爺，不過是強弩之末。

許雲豪離開之後，秦部長不由得看向秦漢秋，「二爺，你就這麼讓他們走了？」

「留住他們也沒用。」秦漢秋搖頭，許雲豪鐵了心要離開，「算了，強迫他們交接也不會盡心的。」

秦部長一聽，也沒再說話，秦漢秋說的也不無道理。

秦漢秋坐回沙發上，表情不斷變換。秦家雖然落魄了，但瘦死的駱駝比馬大，想要招人，依舊能招到一批新人。

但短時間內要挖到許雲豪這樣的菁英硬體工程師，太難了。

眼下不僅僅是資金問題，團隊裡的菁英工程師都被秦四爺那邊拉攏過去。

「秦部長，星期三發表會的流程……」秦漢秋沉吟半晌，抬頭詢問，「邀請函發出去了嗎？」

他在思考有沒有取消的可能。

「邀請函已經發出去了，現場還邀請了記者，這個時候想取消發表會不是不可以，只是……」秦部長知道秦漢秋在想什麼。

這發表會一取消，秦漢秋在秦家就更難混了，畢竟看笑話的人太多。

聽到這句話，秦漢秋不禁抿唇。

他拿著手機，下意識地想要找程雋，但想想程家現在的狀態，他又放下手機。

「秦管家。」他看著進辦公室的秦管家，微微抬頭。

秦管家在門外已經看到許雲豪帶人把辦公室的物品收拾好離開了，知道事情已經沒有轉圜的餘地，才開口：「二爺，苒苒小姐在外面等您。」

秦漢秋聽到秦苒的名字，直接站起來去找秦苒。

他走後，秦管家才看向秦部長等一群技術人員，問起現在全公司上下都關心的事。

「發表會出問題了？」

「許雲豪走了，團隊少了一個菁英大師，招新人簡單，但新人沒名氣，您應該清楚，銀行貸款也還沒下來，我看二爺的意思是想取消發表會，這個時候取消發表會比勉強開發表會要好。」秦部長搖頭，他嘆息，一轉身就看到秦管家手中拿著一份文件，「秦管家，你手中的這是什麼？」

「小姐剛剛給我的。」秦管家抬了抬手，「我還沒看，不知道。」說著，他伸手拆開了這個密封文件。

因為秦苒把文件遞給他的時候，表情太淡定了，秦管家也就沒多問，以為是什麼資料就隨意拆開。

「秦小姐啊……」秦部長點頭，沒再說話。

提到秦苒，秦部長心裡十分惋惜，他一直想讓秦苒加入總部，但是要跟徐家搶人，秦部長自認自己做不到。

「是她，不會是給小少爺的文件吧？」秦管家翻開第一頁，隨意地看了一眼，頂端前面是加黑的英文單字，後面是「合約」兩字。

「合約？她這是什麼合約……」

秦管家推了下老花眼鏡，他看得有點慢，一字一字往下看去。

前面幾張紙是合約，再往後面就是學術性的一堆建模還有分工，秦管家沒看後面，只把合約單獨拿出來。

秦部長跟秦管家說完，就準備回去處理招新人的事。

腳剛踏出門外，就聽到了秦管家的聲音。

「等等，秦部長，你幫我看看，這、這東西……」

秦部長停下來，湊過來看了一眼，說：「我看看。」

他知道秦管家不懂這些東西。

合約只有三張。

秦管家翻到最後一頁，下面蓋章簽名處，是一個黑體的飄逸簽名，還蓋著一個公章。

這種簽名公章通常看不出什麼，然而秦部長整個人卻為之一震。

「這是……」

「你認識？」秦管家年紀大了，對工程界的事情不太了解，但看秦部長這樣子，就知道這應該不簡單。

然而秦部長沒有說話，他也不往外走了，十分激動地坐到秦漢秋的電腦前，打開網頁，連結到雲光財團的內部論壇，點開上面其中一個帳戶的連結。

這個論壇比較專業，跟微博這類社交平臺自然不能比，但秦管家還是看到了上面三萬九千多的粉絲數，再往左邊看，秦管家一愣，這個帳號是很簡單的英文字母——poppy。

「這是雲光財團的人？」秦管家肅然起敬。

秦部長搖頭，不說話，他只在一串網路連結中找到一張截圖，接著放大對比秦管家手上的簽名，接著坐倒在椅子上。

手上緊緊握著這份合約，肉眼可見地顫抖著，手背青筋畢露。

「我去找秦小姐。」秦部長猛地站起，連秦管家也顧不上了，直接去找秦苒。到了休息室，卻發現秦苒跟秦漢秋已經離開了。

秦管家緊跟著秦部長過來，心裡也很著急。

「秦部長，你倒是告訴我，小姐給我的究竟是什麼東西？」

是什麼能讓秦部長震驚成這樣？

「一份就算是雲光財團也想不到的東西。」秦部長轉身，指尖顫抖，他用自己畢生最大的力氣按捺住激蕩的心，眼中光芒四射，「秦管家，我們應該不需要取消發表會了！」

＊

秦漢秋跟秦苒一起下樓。

兩人正在說秦陵的事情，路上遇到的人都非常恭敬地向秦苒、秦漢秋打招呼。

「大小姐！」

「二爺！」

秦苒上次通過繼承人考核的事情只有內部人員知道，但這些高層，包括秦部長、秦四爺對秦苒的態度都很恭敬，上行下效，這些底下的工作人員都很精明，自然打起了十二萬分的精神。

程家的事情在上流圈裡鬧得特別大，不過普通工作人員連四大家族的事情都不清楚，更別說內部的消息了。

他們遠遠讓出了一條通道，和秦語一起來找秦四爺的寧晴被保全攔到一旁。

「閒雜人等請讓讓，二爺跟大小姐來了。」

寧晴跟秦語就這樣被攔在人群外面，看著秦漢秋送秦苒出門，他穿著黑色的西裝，沒有以往的憨厚，只剩嚴謹，看起來頗有氣勢。

尤其是秦苒。

這半年多，寧晴更常在電視上看到秦苒的新聞，現在還是時隔許久第一次看到她本人。

這一次的感覺比以往更清晰，不僅是秦苒，就連秦漢秋也變得跟以前不一樣了，和她之前的印象完全不同……

「有什麼好看的，不過就是靠著程家太子爺一路上位而已。」秦語站在一旁，目光陰鷙，「秦四爺都說了，這一次……爸要是不配合，他們連記者發表會都開不了，妳要是想去找秦苒，就去找吧。」

現在程雋失勢，秦漢秋也堅持不下去了，她倒要看看秦苒還能怎麼裝。

保全等秦苒跟秦漢秋離開了，才讓開一條路，讓其他人進去，秦語抿唇，她看了離開的黑車一眼，直接進去找秦四爺。

秦四爺眼下在二十樓他的辦公室，正聽著屬下彙報秦漢秋那邊的事，挺詫異的，挑眉：

「他們竟然還要繼續開發表會？」

這種時候，銀行貸款撥不下來，工程做不下去，開發表會不就是等著丟人現眼？

剛從十九樓上來的許雲豪一臉諂媚，「可能想垂死掙扎一下吧。」

秦四爺覺得不對，秦管家跟秦部長他們不像沒腦子的人，他想了想，打了一通電話給歐陽薇，詢問：「歐陽小姐，您確定徐家跟程家沒有插手？」

『放心，這邊有我盯著，程家現在一團亂，至於徐家，他們插不上手。』歐陽薇聲音篤定。

一聽到這句，秦四爺放心了，他鬆了口氣，只要程家跟徐家不插手，事情就好辦了：

「歐陽小姐，事情我已經處理好了，秦漢秋他們堅持不了多久的。」

掛斷電話，秦四爺伸手敲著桌子，思忖半晌，然後抬眸看向面前的心腹。

「秦漢秋他們的發表會在下週三吧？」

屬下一聽，就知道秦四爺在想什麼。

他一頓，「四爺，您是想把我們的發表會提前？」

「對，他們辦在友尚帝國酒店吧，既然他們不到黃河不死心，我們就在他們隔壁廳舉辦。」秦四爺不太在意地開口。

到時候鬧出來的笑話，會讓秦漢秋從此在這個行業裡背負著這個笑柄。

商場如戰場，圈子裡的人都是精，這種時候，不少人都打著跟秦四爺一樣的主意，覬覦秦漢秋手中的股份。

門外——

許雲豪帶領一組的人入駐秦四爺的團隊。

「許組長。」他這一組的成員看了眼秦四爺的辦公室，有些遲疑，小心翼翼地開口，「我們這樣離開二爺的團隊是不是……」

「因為我知道內情。」許雲豪看著手下眾人，壓低聲音，「你知道四爺手裡有什麼工程嗎？」

「什麼？」

「雲光財團內部的合作案。」許雲豪輕聲道，「四爺身邊那位冷小姐，就是雲光財團的業務員。」

所以，秦四爺這邊的工程，跟連資金都拿不出來的秦漢秋相比誰更重要，幾乎不需要用腦子來想。

亭瀾，程雋書房——

程溫如看向程雋，目光明滅，之前所有的疑點現在終於都釐清了。

「三弟，你早就知道了吧。」

「嗯，一直沒說。」程雋指了下對面的椅子，面色平靜，只是眼神更暗了，也冷了些，「坐。」

即便真相被程饒瀚爆出來了，兩人之間也不見絲毫生疏。

「不準備回去了？」程溫如抿唇。

她最近跟程饒瀚鬥智鬥勇，身心俱疲。

「看情況吧。」程雋打開電腦，收取了一份檔案，「下任家主什麼時候競選？」

這是程溫如一直迴避的問題，她下意識地不想跟程雋提起這個，怕程雋想起傷心事，此刻程雋輕描淡寫地提起，她頓了一下才開口。

「還有半個月。」

「好。」程雋點點頭，沒再說話。
書房的門沒關，程水從外面走進來，他手中拿了一份文件。
「這是程土給的資料，巨鱷那邊……」
程水看到程溫如，頓時止住聲音，含糊地開口。
「您看看，程土聽到了這些事，想要回國。」
程雋接過文件，掃了一眼，抬眸，「都皮癢了是嗎？一個個都想回來？」
程水想了想程土跟巨鱷幹的那些勾當，不由得咳了一聲，不敢說話。
「程金應該也要被他們從水陸空三部趕出來了吧，」程雋站起來，神色自若地說：「讓他直接遞交辭呈，接著回去賣衣服。」
程水一愣，被這句「賣衣服」嚇到了。
好幾秒鐘才反應過來，程雋說的賣衣服是什麼意思……
原來程雋他們把這個稱為賣衣服？
兩人語氣平穩、不急不躁的，一點都沒有程溫如想像中的落寞。
程溫如若有所思地走下樓。
這麼多年，實際上她知道程雋的一點底細，最匪夷所思的就是他的錢幾乎取之不盡。
想到這裡程溫如才有些鬆了一口氣。

情況應該沒她想像的那麼複雜。
路過正在圍觀程木花盆的程金、程火身旁，她想了想，然後看向程金。
「程金，你現在……改行賣衣服了？」
程金：「……是。」
沒有改行，他一直都是。
程溫如：「……也好。」
她張了張嘴，想要說什麼，最終還是沒有開口。
程雋送程溫如下去。等他們離開後，程金、程水三人才圍在程木身邊。
金木水火土五人，除了程木，其他人很少回程家，對程家沒什麼歸屬感，此時程木正得意洋洋地跟他的四個兄弟介紹自己的新型花種。
「看到沒有？我研究出來的新型耐寒花種，比老園丁的更耐寒一個月。」程木抬著下巴，一直面無表情的臉上多了一絲驕傲。
金水火三人看了一眼這盆嬌滴滴的花，沉默半晌。
想說什麼，最後還是沒說。
程水嘆了一口氣，他拍拍程木的肩膀。
最終，好兄弟還是成為了一個園丁。

第四章　誰看誰笑話

幾日後，是秦漢秋工程的發表會。

秦苒很早起，她坐在桌子上吃早餐。

程火跟她隔了個位置，嘴裡叼著一塊麵包。

「秦小姐，程土昨天晚上的那個安全系統真的沒有漏洞嗎？」

「沒有絕對安全的系統，但是……」秦苒抬眸看了他一眼，「你們至少要找到他們的ＩＰ跟一點痕跡。」

就算攻擊國外的安全系統，她也需要主機連結，沒有埠就進不去。

「好吧。」程火嘆氣，「我再試試能不能讓他們點進去我的木馬。」

兩人說話時，程水、程金兩人跟著程雋從書房出來，程水還在跟程金說著什麼，秦苒沒在意，只是咬著牛奶的吸管，看向程雋，一隻手隨意地撐著下巴。

「今天是我爸一個工程的發表會。」

陳淑蘭去世那段時間，秦苒也一直渾渾噩噩，大部分都是程雋幫她安排行程，到處「玩」。

程雋坐在秦苒身邊刻意空出來的位置上，聞言，也沒思索，直接說：「好。」

兩人吃完飯就出去了。

秦苒只穿了件風衣，帽子一戴上，就什麼也看不見了。

程雋穿的是黑色大衣，沒有帽子。骨相清臒，最近幾日漸漸變得清瘦，越發襯得猶如落風清。

秦苒側身看了他一眼，想了想，從口袋裡拿出了黑色的口罩替他戴上。

口罩是她買的秦修塵同款，黑色的有點醜，又很大，把一張臉蓋得只能看見一雙清冷的眼睛。

秦苒笑了，「走吧。」

今天是兩人一起出門，程木就沒有跟著出來。

沒多久，兩人到達飯店。

秦苒一向怕人多，煩躁。要不是今天想帶程雋出來，她不會想來這裡。

地址她提前跟秦漢秋打聽過了，是飯店二號廳，一路上有指引。

程雋握著她的手，兩人走到二號廳邊緣，正巧看到對面的一號廳，也掛著發表會的巨大螢幕，這個時間點，已經有不少記者進去了。

已經快到發表時間了，再看看秦漢秋這邊，人員稀少，秦苒挑眉。

秦漢秋這邊的工作人員認出了秦苒，便迎接她進去，見秦苒看向對面，工作人員不禁苦笑。

「四爺提前了他的發表會時程，正好與我們同一天，記者大部分都去他那裡了……」

對面——

秦語坐在第一排邊緣，發表會已經開始了，她往後看了眼，正好看到秦苒，不由得吁出一口氣，笑道：「媽，我們去爸他們那邊看看吧。」

秦語也只有在沈家這種連京城都擠不進圈子的家族裡還有發話權。

實際上，沒有秦苒跟秦漢秋，她在秦四爺這邊連一條狗也比不上。

秦四爺會留著她，完全是因為她非常了解秦苒跟秦漢秋，秦語智商不低，無論在學校還是在小提琴協會，她都是話題中心。

可惜的是……每次她都會遇到秦苒，只要是有秦苒在的地方，她就幾乎沒了存在感。

進京城這麼久以來，這應該是秦語第一次真正看到秦苒處於下風。

她有些迫不及待了。

今天這兩場發表會開完，秦漢秋那方在秦氏、在整個圈子裡可能會淪為笑柄，尤其是還有秦四爺的襯托。

「真的要去嗎？」寧晴站在一邊，目光膽怯。

她有些不敢正視秦苒。

「去看看爸爸他們那邊怎麼樣了。」秦語起身，繞過一眾幾乎將門堵住的記者直接離開，去對面的發表會現場。

＊

秦漢秋的發表會現場——

真的冷清，除了一些內部人員，其他記者只有那麼幾個，空位不少。

秦苒沒拉著程雋往第一排坐，只坐在第二排一個女記者的空位上。

程雋雖然戴著口罩，但低斂著的矜貴卻遮掩不了，一雙漆黑的眸子被幾縷吹亂的黑髮遮住，鋒銳又冷漠。

秦苒扣著帽子，坐在女記者身邊，程雋在她身側坐下。

這兩個人是明星？

女記者百無聊賴地擺弄著攝影機，首先看向程雋，這種氣質若是明星，不可能沒聽過。

緊接著她目光轉向身側的女生。

那女生只是戴著大衣的帽子，遮住大半邊的臉，只能看到冷峻的下巴，一身孤冷。

若是以往，女記者不可能這麼沒禮貌地盯著一個人看，但是今天不一樣。

她看著秦苒，震驚地站起來，雙眼發亮：「妳妳妳妳……妳是秦苒嗎？」

秦漢秋的發表會已經開始了，秦苒正看著現場，聽到聲音，她頓了一下，然後轉頭看著女記者。

還沒說話，女記者語無倫次地開口，「我、我是陳妮，是妳跟秦影帝的粉絲。」

說完她掏出隨身攜帶的筆跟紙，「妳能幫我簽名嗎？」

秦苒只上了兩集綜藝節目，熱度過了，網路上也沒人討論了，但死忠粉還是不少。在真愛粉眼裡，別說秦苒沒有戴口罩，就算戴了口罩，她們也能認出來。

秦苒頓了一下，然後伸手，幫女記者簽了名。

「謝謝！」女記者拿著手機，還在想要個合照會不會有點過分。

「妳是記者？」秦苒看到了她胸前掛著的工作證，把簽好的紙遞給她，輕笑：「怎麼不去對面？」

她跟程雋進來的路上，看到的幾個記者都是去秦四爺那邊，畢竟記者也是需要熱度的，這個記者倒是奇怪。

女記者不太好意思說，她來秦漢秋這邊，有一部分原因是因為秦修塵跟秦苒。

追星追到這種地步，她也是很拚的。

當然……也有一點，秦四爺那邊人太多了，那麼多人，她到時候拿第一手標題資料就行，但她不可能在秦苒面前說這種話。

「其實我覺得秦二爺的發表會也有看點。」女記者鄭重地收起了簽名，說得一本正經。

秦苒倒是很詫異，「確實有看點，妳好好看。」

秦苒說什麼，陳妮沒什麼注意聽，她的注意力都在秦苒身邊的那個男人身上。

發表會已經開始了。

秦部長打開了資料開始介紹。

陳妮拿起相機，隨意拍著，有些心不在焉，注意力都在身旁的秦苒身上。

秦漢秋跟秦四爺的工程預告早就出來了，陳妮踏進這個宴會廳的時候就做好了這裡不會有什麼大新聞的準備。

陳妮是在這個圈子裡工作的，知道秦漢秋這個工程早就出問題了。

在陳妮看來，今天的發表會僅此而已，只有第一個出來的秦部長在業內還有些名氣，其他都是新人，沒什麼可看性。

不過秦部長看起來挺從容的。今天現場門可羅雀，他還能淡定自如地說話，可見心理素質極佳。

陳妮正想著，大螢幕上的計畫合資案出來了，加粗黑體字——

四維引擎虛擬搜索

這是什麼新名詞？跟流程上的軟體工程不太一樣啊？

陳妮一愣，這是個新型合資案還是用了標題詐欺？

她這樣想著，拿起相機拍了一張，這也是個新聞。

秦部長側過身，鄭重地介紹參與新型虛擬搜尋引擎研究的參與人員。

「這都是我們團隊的人員。」

秦苒身邊，程雋也似乎有所領悟地看了秦苒一眼。

見秦部長這麼鄭重，陳妮就拿起相機拍了一張大螢幕上的人員。

以秦漢秋為首，秦部長為第二位。

後面都是他們團隊的技術人員，許雲豪走後，一組的組長變成了一個完全的新人，沒什麼看點，不過能做到這樣也不錯了。

陳妮一邊想著，一邊放下相機。

就是這時候，螢幕又翻到了下一頁。

還有？

陳妮一愣。

秦漢秋他們在這種情況下還能請來什麼人？難道是新人？

她抬頭，看向翻過去的下一頁。

陳妮本來以為下一頁還會是滿滿一面不認識的名字。

然而出乎她意料的是，下一頁只有一行字，一個名字——

技術入股：poppy

「我靠！」陳妮見到秦苒時壓下了聲音，沒有驚呼出來，在這個時候卻沒有忍住。她站起來，瞳孔放大，愣愣地看向螢幕，渾身雞皮疙瘩都出來了。

來這裡的都是手握一手資料的各大報社記者，不是業內人士可能不知道 poppy 這個人，但他們都是做過功課的。

尤其是半年前的ＥＡ代機器人出場，以及雲光財團忽然入駐京城。雲光財團低調，沒什麼新聞，但陳妮對雲光財團的事情如數家珍，自然也清楚雲光財團二十八樓兩個大 Boss 之一的 poppy！

一個比陸知行還要神祕好幾倍的人物！

是在雲光財團聲名遠播，用一個ＥＡ代的機器人，外加幾個公開超前代碼就站到那個位置上的人！

他從頭到尾只參與了雲光財團大型用戶端跟機器人的合作案。

從此以後就神隱了。
最近一次出現還是在去年七月，直接引爆了整個ＩＴ行業。
眼下他又出了新的技術嗎？那叫什麼思維虛擬引擎搜索吧？
陳妮忍不住激動的心，她原本今天打算混水摸魚一下就回去，沒想過今天會有什麼大新聞，然而拍完這張照片，她都忍不住心潮澎湃了。
誰說秦漢秋這邊沒有大新聞？
這新聞簡直大過所有ＩＴ類所謂的大新聞！
能與陸知行、poppy 這等級大神相提並論的人本來就少，別說這大神還是很少出現的神祕 poppy 大神。
陳妮拍完照片，直接傳給總編：「總編，大新聞！我們要發了！獨家擁有的大新聞，你快點出！我相信明天的報紙，我們要脫銷了！」
在場除了陳妮，還有寥寥幾個沒有擠進去秦二爺記者發表會的記者。
此時都忍不住站起來，拿著相機拍攝，激動萬分地把照片傳出去。
圈子裡的消息根本無法控制，秦部長死死捣住這個消息，就是為了今天的發表會。
「秦部長，請問這個消息屬實嗎？poppy 為什麼會跟你們合作？你們是直接跟雲光財團內部合作嗎？」

「秦部長，請問 poppy 本人會露面嗎？」

「……」

一開始連話都不想說的諸位記者這個時候都忍不住了，一個個站起來，激動地把麥克風遞過去。

總共只有五、六個記者，但接連不斷的提問跟不停閃爍的燈光，就像有滿堂記者在一樣。

跟在記者身後的攝影師也一改無精打采的樣子，打起精神，一個個扛著攝影機，激動到不行。

秦部長微笑，一一回答。

「屬實，我們的合約已經簽了，這是大大的公章……」

兩分鐘後，大門口處，出現了第一個聞風趕過來的記者。

＊

與此同時，秦四爺拿著麥克風，說了幾句場面話，就讓策畫部的人上臺介紹他們的工程跟後續產品，還有幾個主要的共事人員。

在場的都是ＩＴ網路工程專業研究方面的記者，他們都有內線情報，要拿到第一手新聞稿回去才有業績，秦四爺這邊的新聞價值明顯比秦漢秋那邊要高，他們自然會留在這邊，不知道內線情報的小記者就跟著大記者後面跑，反正大記者的管道多。

這就跟選擇餐廳一樣，大部分的人都喜歡去有人排隊的那一家吃，因為人多，一定好吃。

許雲豪站在人群裡，看著冷佩珊上去介紹合作案，忍不住深吸一口氣，還好幾天前自己做了正確的決定。

秦四爺作為總裁，說了幾句話就下來了。

他手揹在身後，看著對面門可羅雀的宴會廳，不由得挑眉。

「秦漢秋他們還真的開了，許組長都離開了，他們還能請到撐起門面的硬體大師？」

「我剛剛去看了一眼。」秦語站在一旁，似乎輕笑了一聲，「都是些新人，現場記者也就五六個吧，具體幾個沒怎麼去數。」

她看了一眼就回來了。

「最少也請十個演員記者來撐個場面，換作是我，這個發表會根本沒臉再開下去。」

秦四爺手揹在身後，笑著搖頭。

「四爺再等等，二爺他們熬不了多久了，等這場發表會結束之後，他們應該就會來求你了。」秦四爺身後的心腹開口。

秦四爺不動聲色地笑了笑，沒再說什麼。心裡不由得慶幸，好在聽了歐陽薇的話，賭了一把。程家跟徐家沒幫忙，秦苒跟秦漢秋那一行人翻不起什麼浪花。

而身側不遠處，許雲豪等人也面面相覷，心裡同樣感到慶幸。

一行人正說著，就在這個時候，一個坐在中間的記者手機響了一聲，他低頭看了一眼，然後猛地愣住，立刻收起設備就往對面跑。

「他們這是怎麼了？」一旁，一直不敢說話的寧晴此時終於開口。

別說寧晴，連秦四爺跟許雲豪等人都沒反應過來。

此時臺上的冷佩珊正在介紹工程，是整個發表會最高潮的階段，大部分記者都在等從冷佩珊這邊透漏的雲光財團內部消息。

這應該是所有人激動的時候，怎麼會有記者在這個時候退出？

還是去秦漢秋那邊？

「不會被您說中了？」秦四爺的心腹頓了頓，說：「二爺那邊可能真的買記者了吧。」

除此之外，他們也想不到會有什麼狀況。

秦四爺微微頷首，也認可這個說法，就一個記者，他沒有太在意，手依舊負在身後，讓人準備明天的新聞。

「秦氏嫡子發表會門可羅雀，嫡系一脈凋零……這新聞不錯。」秦四爺吩咐著心腹。

他剛說完，人群中又有五個記者扛著攝影機離開了。

同一時間，似乎被打開了某種開關，本來拿著新聞稿的記者們紛紛急切地往對面跑。

五分鐘過去，秦四爺這邊只剩下十幾個記者。

這十幾個記者正拿著麥克風詢問臺上冷佩珊問題。

「請問，你們這次合作的理念……」一個戴著眼鏡的男記者問著冷佩珊問到一半，口袋裡的手機瘋狂響著。

這是他為上司特別設定的鈴聲，男記者連忙接起。

還沒開口，對面就傳來一聲咆哮。

『你現在在哪裡？其他報社都報了 poppy 的獨家消息！你那邊怎麼一點動靜都沒有？』

男記者一愣：「什麼？」

他說完往後一看，身後本來密密麻麻的記者瞬間空了，只剩寥寥幾個。

『秦氏二爺那邊的合作案！技術入股 poppy ！你在一線，這種新聞還要我告訴你嗎？還不快點給我去要個獨家採訪！』

「我靠！」男記者也不打算向冷佩珊提問了，直接扛著麥克風就往對面跑，難怪身後那些記者都不動聲色地跑光了，「不是說他們沒新聞嗎？」

第四章　誰看誰笑話

這又是哪裡來的世紀獨家大新聞？

如同秋風掃落葉，秦四爺這邊一下子變得空蕩蕩。

冷佩珊面前本來還有個在提問的記者，接了一通電話之後，也匆匆離開了。

她化著精緻的妝容站在臺上，整個人愣住，沒回過神。

不只是她，門邊的秦四爺等人也沒有反應過來。

「什麼情況？二爺那邊把記者都買過去了？」秦四爺身側的一個手下開口。

可是，看那些記者匆匆忙忙的架勢，不太像啊。

秦四爺臉色一片陰沉，他朝心腹抬抬下巴，「你去看看對面發生什麼事了。」

秦四爺內心隱隱有些不安，但又自我安慰，歐陽薇說了不會出什麼問題，程家跟徐家都沒插手，還能有什麼意外出現？

秦四爺抿唇，緊扣的手指略顯不安。

「等等，四爺，好像不用問了。」身側，拿出手機準備連絡人的心腹正好看到一則推送的新聞，他直接點進去，愣愣地開口。

秦四爺擰眉：「什麼？」

心腹把點開的新聞給他看。

現在距離陳妮發出第一張照片，已經過了十分鐘。

陳妮的報社在網路上發了第一則新聞，標題引人入勝——

『ＩＴ界大師 poppy 聯手秦氏集團，再創輝煌！』

秦四爺死死盯著這則新聞，「雲光財團內部？這不可能，應該是標題詐欺。」

就是一個普通的新聞稿而已，秦四爺不會相信。

以秦漢秋現在的狀態，手底下除了秦部長，連個像樣的人員都沒有，會跟 poppy 共同合作？

poppy 是誰？京大、Ａ大電腦系教授口中幾乎每節課都提起的人。

他的成功不僅僅是在機器人上，連同雲光財團，領導著電子ＩＴ行業向前推進了十年，這種歷史性的進步，每個ＩＴ技術人員都看在眼裡。尤其四維投影人工智慧的推進，新一代更新的歷史資料上都有記載這個突破。

只可惜從這之後，poppy 就再也沒有消息了，但他在ＩＴ界依舊有無數狂熱的粉絲。

這種連雲光財團都控制不住的人會跟秦漢秋合作？

秦四爺覺得不可能。

這種網路上的新聞半點也不可信。

心腹沒有說話，他直接打開秦漢秋那邊的官方網站。

首頁上沒有任何新消息。

他將頁面重整，首頁更新一則新的資訊，只有兩張圖。

一張寫著——技術入股：poppy。

另一張則是合約後半部分的簽名。白底黑字，一字一句，非常清晰。

秦四爺，連同他身側的股東跟合資人們都愣住。

「竟然是真的？」眾人眼裡充滿了震撼。

許雲豪也往後退了一步，難以置信地看了對面一眼。

「這下可好玩了。」第一排坐席上，本來由上司派來跟秦四爺合作的經理祕書也收到了這個消息，「連絡 Boss，情況有變。」

中年男人直接掏出手機：「快，快聯絡總裁！」

女祕書也果斷地說：「這秦家二爺……接線董事長！」

現場的人都是知道內情的，大多數人都等著看秦家嫡系笑話，卻沒想到秦漢秋還能拿出這樣的底牌。

雲光財團是連程家都想要合作的對象，雖然平時習慣低調，但不妨礙其他人對其敬畏。現在一傳出這個消息，就讓這些投資人有了清晰的方向。

不只他們，連剩餘的幾位秦氏高層股東代表都拿出手機，向上司彙報現況。

眼下什麼歐陽薇跟歐陽家都不重要了。

『你不是說程家、徐家都不會插手嗎？現在這是什麼情況？』秦四爺也接到了支持他的老股東電話，那邊劈頭就是一頓大罵，『我現在被你害慘了！』

說完後，也不等秦四爺回答，直接掛斷了電話。

寧晴不懂這些，但不代表她看不懂其他人的臉色，秦四爺跟眾人的表情她都看在眼裡，此時也意識到了不對勁，不由得轉向秦語。

「語兒，這……」

秦語也拿出手機看了新聞。

陳妮的獨家採訪已經出來了，新聞稿加上配圖，在ＩＴ界引起了軒然大波。

她不知道 poppy 是誰，但從新聞稿下面的留言能看出來，更何況是秦四爺的反應。

此時的她臉上一片青白之色，更沒有心思繼續聽下去。

她只看向秦四爺：「四爺，我……」

秦四爺站在原地，心沉到谷底，不久後他抬起頭，看著對面大廳擁擠的人群，渾身一陣發冷，半晌才回過神來。

「妳好自為之吧，我現在也自身難保。」他看了眼秦語。

說完也不等秦語回答，直接看向心腹。

他心裡很清楚，程家跟徐家都沒有插手。程家也只有程溫如跟雲光財團有個合作案，距離二十八樓的中心機密還很遠，這兩家要是有那個能耐讓 poppy 出山，也不會把這個機會讓給秦漢秋。

唯一的可能……

秦四爺深吸了一口氣，他腦子裡只閃現一道孤影——

秦苒！

「把發表會撤了。」秦四爺轉身，當機立斷地對身側的心腹說：「去跟他的祕書商量，我會再讓百分之五的股份當作賀禮，從今天開始，集團內部誰也不要去研究針對他們的案子。」

百分之五的股份，對秦四爺來說，無異於割肉。說是賀禮，不如說是對秦漢秋低頭，這百分之五拿出來，秦四爺就不是秦氏的最大股東了。他很清楚自己在做什麼，更清楚秦漢秋拿出這份合約意味著什麼。

如果可以，他也不願意拿出這百分之五的股份，可如果不拿，等待他的……

「是，我這就去！」心腹連忙拿出手機去解決這件事。

秦四爺現在沒心情處理其他事，也沒有連絡歐陽薇，直接離開。

他走後，剩下的人面面相覷。

秦語扶著門框，直接跌坐到地上。

她明白，連歐陽薇都拿秦苒沒有辦法。秦苒所在的那個階層，她是不可能融入的。

不遠處，許雲豪低罵了一句。

「許組長，我們現在怎麼辦？四爺這邊的專案要停工了……」

一組的成員看著對面被記者擠爆，後悔得腸子都青了，前幾天就不該跟著許雲豪一起離開秦漢秋那一組的。

許雲豪抿唇，恍恍惚惚地開口，「先回去把交接工作做完。」

因為 poppy 的消息，衝著他去秦漢秋團隊的大師絡繹不絕，他倒是想回去，但秦部長不可能會再任用他的。

他也沒有想到，秦漢秋居然還有這種運氣。

此刻不只是秦四爺，連許雲豪都意識到，秦苒恐怕不只是表面上看起來那麼簡單。

第五章　你叫她P神

發表會結束後，秦苒戴著帽子，安安靜靜地等秦漢秋跟秦部長接待完所有人，才和他們一起去了秦氏。

至於程雋，一直跟在秦苒身後沒有說話。

他氣質太過特殊，秦漢秋還一口一個「小程」，秦部長等人已經認出了他。

即使現在京城有太多針對他的傳言，秦部長等人對程雋還是非常恭敬。

秦漢秋辦公室，他終於掛斷了最後一通電話，看向秦部長，起身彎腰。

「秦部長，這次多虧有你。」

其他人都在辦公室的沙發上坐好。

聞言，秦部長搖頭，「主要還是秦小姐拿來的合約，我只不過是跟他們打一場心理戰。」

不過這次效果顯然不錯，因為這個，清出了不少秦漢秋這邊的內線。

「對，主要是因為小姐。」秦管家沒有坐下，只是抬頭看向秦苒。

辦公室內，寥寥兩位從頭到尾都站在秦漢秋這邊的股東也看向秦苒。

「好在我們有秦小姐，以後秦部長你不用孤軍奮鬥了。」

一行人好奇地看向秦苒，口中有無數疑問，但面對秦苒那張冷淡的臉，卻不敢問出口。
秦苒壓了壓手，沒說什麼。
她接了通電話，那邊說了一句，她抬頭：「到了？好，到十九樓，報我爸名字就行。」
「苒苒，是誰來了？」秦漢秋看向秦苒。
秦苒看著門外，想了想，「是我之前的合作人，今天你們先見見吧。」
「喔。」秦管家點點頭，沒太在意，「我下去接他吧。」
這畢竟是秦苒的朋友，讓人家自己走進來，多多少少有點不禮貌。
「不用。」秦苒搖頭，她看向大門外，「他不喜歡這些，馬上就要到了。」
秦苒這麼說，秦管家想了想，還是沒有出去，天才的朋友怪癖一向多，秦苒的合作夥伴可能喜靜。
一行人正說著，門外有人敲門。
「小少爺的老師這麼快就來了？」秦管家直接去開門。
來人卻不是秦陵的那個老師，而是許雲豪那一行人。
秦管家跟秦部長對許雲豪這行人的印象不太好，至今還記得前幾天他們咄咄逼人的樣子。
「二爺，秦部長，我們今天是來交接工作的。」許雲豪將姿態放得很低。

說來諷刺，前幾日他們還高高在上地連工作都不願意交接，今天卻主動前來交接。
秦部長淡淡點頭，不冷不淡的。
許雲豪等人也沒有半點覺得被怠慢，反而恭恭敬敬地彎腰。
「那我們去幫忙做完交接收尾。」
他說完，帶著兩個人剛要走出門。
門外就進來一個人，戴著金框眼鏡，眉眼沉斂，可能因為人多，眉宇間有隱隱的不耐煩。
秦苒一直在跟程雋秦漢秋等人說話，似乎是感覺到人來了，她直接站起來。
「他來了。」
這個人是秦陵線上教學的老師，秦管家跟秦漢秋對他自然有十足的尊重，直接站起來。
「您……」秦漢秋往前走了兩步，秦管家連忙去泡茶了。
秦漢秋的一句「您好」卡在喉嚨裡，沒說出來，反而驚喜地開口。
「二表弟？」
「表哥。」見秦漢秋這麼大驚小怪的，陸知行也差不多習慣了。表情毫無波瀾，但感覺得出來心情很好。
「二爺。」既然是親戚見面，秦部長跟兩位股東就不再打擾，站起來，「我們就先離開了。」

說完之後，幾個人終於看向陸知行，順便跟他打個招呼。

「先生……」

秦部長心裡還在想秦漢秋什麼時候多了一個表弟，轉身看向陸知行的時候，整個人愣住了。

在他身後的股東面面相覷，不知道發生了什麼事。

連秦漢秋也轉向秦部長，「秦部長？」

「您……」秦部長心裡有一群草泥馬在奔騰，他看著陸知行，語無倫次，半晌才回過神來，「陸、陸、陸先生？」

陸知行性格孤僻，不太愛接受採訪。雲光財團的二十八樓其他工作人員進不去，知道陸知行長相的人不多，但他的大名在ＩＴ界廣為流傳。

其他人不太熟悉，但秦部長這種在業內也算知名的人士怎麼可能不認識。

「你好。」陸知行頓了一下，然後禮貌地朝秦部長伸手，「我是陸知行，這次來是要跟你們談談四維虛擬引擎的問題。」

秦部長擦了擦手，才敢伸出來和陸知行握手，有些不知所措。

「陸先生，您……您會親自參與？」

兩個股東以為來的只是秦苒的朋友，此刻聽秦部長他們一說，也面面相覷。

來的竟然是雲光財團的那位工程師大神？在國際上都赫赫有名的陸知行？

別說兩個股東驚駭不已，就連站在門邊，剛要離開的許雲豪也呆若木雞，不知道要說什麼，呆滯地看向陸知行的方向。

等等……剛剛秦漢秋還叫他表弟？

許雲豪覺得恍惚，最近這幾天京城的傳言太多了，有人傳言程雋這邊倒臺，秦苒在研究院繼承人的位置也會倒。

可現在京城局勢複雜，別說秦家，就連程家跟徐家都不敢說自己跟雲光財團有這麼緊密的連繫。

有 poppy 跟陸知行在，這個合作工程從一開始就奠定了秦家在ＩＴ界不可撼動的地位，別說歐陽薇，連整個歐陽家都拿秦家沒有辦法。

歐陽薇現在也只是給秦四爺畫大餅而已，從來沒有什麼實質性的動作。這次之後，加入秦漢秋團隊的工程大師也會越來越多……

許雲豪想到這裡，不由得全身顫抖，秦家要恢復二十年前的巔峰，肯定不難！

他恍惚地走出辦公室，忽然停在走廊上，忍不住蹲下來摀住自己的臉，心中彷彿有一把刀不斷割著。

其他人震撼，秦漢秋卻沒想那麼多，只是挺興奮地說：「原來是你，難怪苒苒能拿到合作案……」

秦漢秋這麼一說，秦管家跟秦部長幾人也明白了，之前他們就在想秦苒到底哪裡來這麼大的能耐，能找上 poppy 合作。

原來是因為陸知行……

那就說得通了。

秦苒沒參與他們的話題，只是側了側頭，看向程雋：「我們回去？」

程雋頷首。

秦苒直接站起來，看向辦公室的眾人，「你們好好聊，我先走了。」

「妳走吧。」秦漢秋擺擺手。

秦部長跟股東也匆匆跟秦苒打了個招呼，再度把注意力轉到陸知行這邊。

「陸先生，P 神真的會出現嗎……」

陸知行沒有回答那一堆問題，只是看著秦苒離開的背影，見她真的要離開辦公室，頓了一下。

「妳就這樣走了？」

秦部長跟兩位股東面面相覷，不知道陸知行這句話是什麼意思。

陸知行慢條斯理地推了下眼鏡，看了秦部長一眼。

第五章　你叫她P神

「你叫她P神是吧？好。」陸知行轉向秦苒，「妳搞出來的事，還要當甩手掌櫃？」

陸知行眼裡帶著一些慣有的沉鬱，不太贊同地看著秦苒。

對於她拋棄軟體工程，轉向物理這件事，他一直耿耿於懷。

秦苒伸手按了按眉心，為什麼每次都會在陸知行這裡出問題？這人是BUG吧。

「我沒有當甩手掌櫃，那個四維虛擬引擎我回去還需要解代碼。」秦苒有些鬱悶地轉身，看向陸知行。

她每次都是把自己的工作做完才轉給陸知行的。

陸知行瞥了秦苒一眼，顯然知道她心裡打的算盤。

以後要專攻物理？

不可能。

「好吧。」秦苒仰了仰頭，「你們這次有什麼計畫？」

她想了想，還是把程雋拉進來，用腳把門關上，坐回沙發看向秦管家。

「你拿臺電腦過來。」

秦管家的反應有些慢，搞不清楚現在的情況，不過還是把電腦拿過來了。

「系統跑不動，妳上次說的EA九級的系統可以試試。」陸知行坐到她對面，這才端起秦管家之前倒的茶，淡淡開口：「我昨天晚上試過，有一點小瑕疵。」

說完，他把隨身碟遞給秦苒，一邊瞥向她。
「我看妳也不忙，二十八樓有個人天天等妳來，都等兩個月了。」
秦苒低頭，「我不是退出幕後了？」
「妳現在不是重出江湖了？」陸知行反問。
秦苒：「……」
行，厲害。
辦公室內，除了程雋，其他人都一臉迷茫地聽著，每個字都聽得懂，但組合在一起就不太明白了。
秦苒把隨身碟插到電腦中，打開原始程式碼查看，微微瞇眼。
「有些漏洞，秦部長，你過來。」她淡淡地說著。
「喔喔。」秦部長愣愣地應了一聲，僵硬地走到秦苒身邊，低頭看著繁瑣的代碼。
陸知行坐到程雋身邊，淺淺地抿了一口茶，提醒秦部長等人一聲。
「沒人錄影嗎？她耐性不好，說完一遍，很難再說第二遍。」
這些人的資質都沒程火好，陸知行很怕他們看不懂。
兩個股東立刻反應過來，開始錄影。
「聽說莊園沒了？」陸知行看著秦苒的動作，瞥了程雋一眼。

程雋點頭，臉上的表情寡淡，不太在意地說，「是吧。」

「你……」陸知行壓低聲音，略微皺眉，「你們小心點，最近京城勢力多，躲著點。」

「我知道。」程雋的表情一如既往地淡定，他看著秦苒的方向，眉眼深邃，「您不用擔心。」

程土之前就想回來，只是被他攔住了。雲光財團去年駐紮在京城，這些勢力來京城是為了什麼，程雋怎麼可能不知道。

他淡淡地想著。

現在都用「您」了？

陸知行瞥了程雋一眼，又收回目光，滿臉複雜地點點頭，不再聊這個話題。

他之前對程雋的觀感沒楊殊晏好。一是因為他跟楊殊晏熟，二是因為……程雋做的生意太危險了，每一項都會被馬修盯上。

楊殊晏最近幾年已經收手了。

現在……想到以後程雋還可能要跟著秦苒叫自己表舅，陸知行面無表情地想著，其實好像……也不錯？

秦苒輸入代碼的速度一向很快，這一點，秦氏一族的人在她參加繼承人考試的時候就知道了，沒多久她就把系統梳理清楚，看向陸知行。

「確實有點問題，我晚上回去重新換個通道。」
「行。」陸知行點點頭，他的目的達到了，也不再攔著秦苒，直接站起來，看向秦苒身邊僵硬的秦部長，「以後有什麼事，首要找她，這些內容基本上都是她負責的，我有很多也一知半解，當然，從今天起，你們需要在秦氏留一個辦公室給我。」
秦苒捏了捏有點瘦的手腕，「那我先回去？」
她也有些頭疼，最近手邊的事情太多了。
她和程雋一起離開，這次陸知行只送她到門外，沒再攔著她。
「剛剛他跟你說什麼？」電梯口，秦苒看著程雋按電梯，不由得抬頭。
程雋看著電梯門打開，裡面有人出來，他伸手把秦苒拉到一邊。
「說京城最近的勢力。」
想到這裡，程雋手敲了敲手機。
半晌後打開頁面，傳了一句話給程水。
『**讓程土準備返京。**』
聽到程雋這一句，秦苒也頓了一下，若有所思，準備等一下找常寧問問情況。
她在雲城的時候就查過程雋，沒查出多少，只知道他背後勢力複雜。
現在看來，確實複雜到不行。

她的那些底牌……

＊

辦公室內——

秦苒、程雋走後，陸知行回來時，大部分的人還是沒有回過神來。

秦部長僵硬地看著電腦，想了想，轉頭看向身側的股東。

「我剛剛是不是聽錯了？我、我聽陸先生的意思，他說、他說秦小姐……」

兩個股東腦中火花四濺、不斷轟鳴，相互對視一眼。

「好像說，秦小姐就是你們口中的那個P神？」

秦氏一族沒人敢說話。幾個人面面相覷，半晌，一位股東終於開口。

「如……如果是秦小姐的話，其實也不是那麼意外……」

畢竟秦苒是這麼多年，唯一一個通過繼承人考核的人。

「不那麼意外？」

秦部長一臉「你在開什麼玩笑」的表情。

剛剛說話的股東閉上嘴，不敢再說了。

辦公室內的幾個人腦袋發熱，一時間冷靜不下來。

「打電話告訴六爺。」秦部長很快就反應過來，拿著手機，鄭重開口，「大家也不要高興得太早，秦小姐畢竟……沒有認祖歸宗，還是徐老爺看重的人。」

京城裡現在誰不知道秦苒是物理界新星？不管她能不能成為研究院的繼承人，研究院的那些老研究員都不會讓她轉到其他行業。

畢竟，連剛剛陸知行的聲音裡都有些怨念……

只是目前，秦苒真的是秦家復興的希望。

「秦家上下百年都很難再出現這樣的人。」股東看向秦管家，冷靜下來，「你能不能跟六爺說說這個問題，她學物理……」

太浪費她在電腦這方面的天賦。

秦管家以前跟秦修塵並不管秦家的事，對ＩＴ界了解得不深。

眼下聽到他們的話，也清楚了一點。聞言，他頓了一下。

在秦部長跟兩位股東希冀的目光中，他搖了搖頭。

「六爺跟二爺對她都抱有愧疚之心，不會跟她提起這件事的，她也沒有想要回歸秦家的想法，尤其是……有徐老跟雲光財團在，你們憑什麼認為她會待在秦家？」

「她如果能在物理一途上走遠，我跟二爺他們都會感到高興。」秦管家笑了笑，看著窗戶外。

當初第一次在京大見到秦苒的時候，他就覺得她有老爺的風範。

秦家這麼多年來被幾大研究院排除在外，秦管家當初還在想，秦家子弟什麼時候能光明正大地考入物理實驗室、研究院。

這才過去了半年多，秦苒不僅考入了物理實驗室，還成了研究院的繼承人。

秦家不能為她護航。

聽秦管家這麼一說，其他人也頓了一下。

「現在京城局勢複雜，我們秦家人微言低，沒有什麼發話權。」秦管家眸色漸深，「京城這場混亂……」

只恨秦家老爺不在，若是老爺當初鼎盛的時期，有他在，秦苒這條路不會走得這麼艱難。

＊

歐陽家——

歐陽薇正坐在大廳內，歐陽家上上下下的人都在聽她說話。她拿著茶杯，脊背挺得很直，坐姿優雅閒散，眉眼淡然地瞥著茶沫。

「小姐。」門外有人匆匆進來，聲音有些急切。

歐陽薇抬頭，微微皺眉，姿態優雅，但氣場依舊很足。

「什麼事這麼匆匆忙忙的？」

「是秦漢秋那邊出問題了！」中年男人彎腰，連聲開口。

「秦漢秋？」歐陽薇隨手把杯子放下，微微瞇眼，想起這個人是秦苒的父親，不太在意地開口：「怎麼，他還在掙扎？」

秦家別說單是秦漢秋一脈，就算是整個秦家團結起來，也是任由她拿捏。

歐陽家當初能把如日中天的秦家從四大家族拉下馬，現在要對付一個秦漢秋自然不在話下。

她這麼做不過是為了警告秦苒而已。

想到這裡，歐陽薇不由得嗤笑一聲。

「冷小姐那邊的工程進行不下去了，秦漢秋他們拉來了雲光財團內部幫忙！」中年男人搖頭，單膝跪地，「雲光財團是亞洲ＩＴ界龍頭老大，秦家跟他們簽了約，聽說還是某個大神親自簽約的，有他們在，別說動秦漢秋，現在連要穩固秦四爺在秦家的地位都不可能！」

歐陽家確實厲害，歐陽薇效忠的人也厲害。

但，對上ＩＴ行業的龍頭——雲光財團……跨行去施壓雲光財團？這根本不實際。

ＩＴ界有ＩＴ界的規則。

這種情況下，想要扳倒秦漢秋，難度無異於登天。

啪——

聽完中年男人的話，歐陽薇砸了手中的茶杯。

她單手撐著桌子站起，眸色微沉，「沒用！」

歐陽家的其他人全都低頭，不敢說話。

「薇薇，妳說秦家會不會重新……」歐陽家主也有些怕了。

畢竟當初的秦老爺驚才絕豔，現在秦家又出現了一個秦苒。

秦家要是重新崛起，京城就沒歐陽家的位置了。

歐陽薇重新坐好，傭人又幫她端來一杯茶，她捏在手裡，平息了怒火。

「不會，秦家沒有那個能耐，這次不只有京城的勢力參與。至於秦苒，呵……她要借誰的勢？徐老爺？」

歐陽薇端著茶杯，抿了一口茶，掩下眸底的戾氣。

聽著歐陽薇的話，手下微微抬頭，「也有可能是雲光財團？」

「雲光財團？那行殘暴之徒會為她出手？」歐陽薇放下茶杯，倏然抬眸，「那就讓我看看，究竟是不是徐老爺借給她的勢。」

「妳是要？」歐陽薇的爸爸一愣，連忙開口，「薇薇，不行，徐家現在跟美洲有來往！」

「美洲？你是不是忘了當初秦家是怎麼覆滅的？」歐陽薇淡淡一笑，「徐世影以為這樣就能躲過一劫了？」

可笑。

她看在程雋的面子，不會動程家，但徐家……

歐陽薇低眸，手指緊握茶杯。

*

秦氏的事情如同龍捲風席捲了整個京城，一眾等著看熱鬧的人此時也難免綁手綁腳，關於雲光財團的事情漸漸浮出水面。

秦苒和程雋一起回去，程雋打開客廳的門，程水三人還在客廳。

秦苒口袋裡的手機響了一聲，她低頭看了一眼，正是巨鱷的電話。她一邊換鞋，一邊按了接聽鍵。

電話那頭的巨鱷聲音聽起來倒是悠閒，他笑著：『好兄弟，我也要來京城了。』

秦苒換鞋的動作一頓。

繼雲光財團，程雋他親爸那邊的人，巨鱷也要來京城？

她抬了抬頭，眸光很深，「什麼時候？」

『我會直接去常寧老大那裡，我們五個終於可以聚齊了。』巨鱷笑了笑，『我就是來湊湊熱鬧。』

秦苒本來也打算去詢問常寧京城發生的事。

聽著巨鱷的話，她稍頓，「你確定你能安全到達？」

京城不比美洲，他要來是可以，但要是沒掩飾好身分，防空部可不是開玩笑的。

『妳幫我掩蓋行蹤，其他的常寧老大能搞定，妳忘了常寧老大以前是幹什麼的？』巨鱷咬著菸，『依據我手下調查到的情報，最近去京城的人有點多，等我到了再詳細跟妳說。』

電話裡說不清楚。

這些人向來是哪裡熱鬧往哪裡鑽。秦苒也不意外。

秦苒在門口站了一下，沒有進去，只是朝門內看過去，微微偏頭，冷靜開口。

「我要出去一趟。」

程雋正在跟程金說話，神色嚴肅。

聽到秦苒的聲音，他微微抬頭，眉色舒淡，想了想才開口：「程水。」
「是。」程水點頭，他了解程雋的意思，站起來，拿起車鑰匙帶秦苒出去。
秦苒跟程水兩人走後，程金的神色越發嚴肅。
「程土晚上到，據他的消息，巨鱷似乎有異動。」說到這裡，程金擰眉，「傅老那邊一直在打一二九的主意，還特地把歐陽薇送到一二九……」
程金分析不出現在的局勢。
程土跟巨鱷也交過手，兩人都不清楚對方的極限在哪裡。
聽到巨鱷這個名字，程雋頓了一下，手敲著桌子，然後抬頭看向程金。
「巨鱷那邊暫且不管。」
不管巨鱷？
程金一愣。
要是歐陽薇真的跟一二九背後的那幾個人有交情，事情就更複雜了。
不過程雋會這麼說，肯定有自己的理由。
他點點頭，沒再多說巨鱷的事。

*

程水坐在車上，朝後照鏡看了一眼，「秦小姐要去哪裡？」

「黑街。」秦苒目光看向窗外，一手放在車窗上，眸光淡定。

程水一愣。

他很少待在國內，但也知道黑街是一個很亂的地方。

還有……黑街也是一二九的據點。

「停在路口就行。」秦苒收回目光，眼眸垂下。

程水把車停在黑街路口，看著秦苒離開的背影，略顯詫異。

這種時候，程水自然不覺得秦苒是來黑街玩的。

想到上次程溫如去美洲發生的事，程水手指敲著車子的方向盤，微微思索，心裡更加確信了一點。

秦苒跟一二九肯定有關係，難怪前陣子程雋沒再讓人盯著巨鱷。

只是更深一層的關係是什麼，程水還沒想出個所以然。

＊

秦苒戴著口罩跟帽子，直接走到常寧的辦公室。

比起京城的其他勢力膽戰心驚，常寧這邊卻是悠閒。

他靠在椅背上，手邊的收音機在播放音樂，正翹著二郎腿喝咖啡，像是個普通的老師，沒有半點的戾氣，悠閒到不行。

「妳來了，坐。」

看到秦苒，常寧笑了一下。

門外很快就有人端了一杯茶來給秦苒。

秦苒坐在常寧面前，白皙的手指捏著茶杯，眼眸一抬，看見常寧這麼悠哉，挑眉。

「你看起來像在看熱鬧。」

「當然。」常寧手握全球最強情報局，京城大部分的一舉一動都傳進了他這裡，「亞洲四巨頭都要來這裡，京城四大家族就有點危險了。」

秦苒默默看了常寧一眼。

她確實沒想到，常寧竟然真的聽著音樂看熱鬧，「所以你讓巨鱷來湊熱鬧？」

「人多混雜，讓他來摻一腳。」常寧十分理直氣壯。

行。

可以。

夠常寧。

畢竟是恐怖分子出身，看熱鬧不嫌事大。

只是聽常寧這麼一說，秦苒也大概知道了局勢。

「你這邊有明海的資料嗎？」

「妳說明海？」

聽到這一句，常寧暫停音樂，他頓了下，盯著秦苒。

秦苒往椅背上靠，垂下眼眸，喝了口茶。

沒有否認。

常寧看向她，「這件事妳要參與？」

「我放不下。」不管是因為程雋還是徐家，或者秦家。

常寧沉默半晌，他放下茶杯，「明海手中有水陸空三大許可權，美洲那邊妳也清楚……」

「是啊。」提到美洲，秦苒也有些恍惚。

她希望沒人會把她逼到那一步。

常寧看著秦苒淡定的臉，伸手按了下眉心，「行，我給妳。」

明海，資歷很老的一個人，業內很少人知道他。

他成名的時候，秦苒還沒出生，常寧有他的消息，秦苒知道的卻不多。

「謝謝。」秦苒朝他舉了舉茶杯。
常寧瞥了她一眼，又伸手播放音樂，跟著哼了兩句才開口。
「有事情儘管找我，一二九不惹麻煩，但不怕麻煩。」
他比其他人還早認識秦苒。
常寧在非洲成名，後來金盆洗手，眼下對待秦苒像對自己的親生女兒一樣。
「好。」秦苒笑了笑。
「還有妳之前查的事情，有些頭緒了，秦家的事情跟歐陽家有關，那歐陽家不簡單，妳應該也知道了。」常寧瞭若指掌，「以妳現在所處的位置，程家那小子……嘖，不說他，他是沒問題，不過徐家要注意，馬斯家族對徐世影來說不算後盾。」
秦苒抿唇，臉色變得嚴肅：「了解。」
徐校長一直很擔憂她的安危，秦苒也幫徐家爭取到了最大的利益。
但聽常寧所說，徐家怕會成為下一個秦家……
「巨鱷他過兩天就會到。」常寧哼到一半，又想起一件事，「到時候讓他直接找妳跟何晨，有什麼事直接吩咐他。」
常寧金盆洗手後不太喜歡見血，但可以讓巨鱷來當打手，他完全沒有半點心理負擔。
一二九這五個元老，彼此之間都有著過命的交情。

可以說，這五個人不管是誰出了問題，其他四個都會毫不猶豫地出手。

畢竟……孤狼在道上也是出了名的護短。

秦苒拿到了資訊，就站起來準備離開。

常寧看著她的背影，不由得開口：「女孩子，還是少見點血。」

秦苒敷衍地「嗯」了一聲。

她又想起什麼，懶洋洋地朝背後揮了揮手，「最近不接單。」

「知道了。」常寧隨意地開口。

＊

徐家——

徐老爺坐在大廳裡見歐陽薇。

「苒苒？不瞞妳說，苒苒是我唯一的繼承人人選，這一點不會改。」徐老爺不動聲色地看著歐陽薇。

歐陽薇沒有喝茶，只是筆直地坐在椅子上，笑道：「是嗎？既然如此，我就不打擾了。」

她說完，直接離開。

徐管家把她送到門外，直到坐上車子，歐陽薇才沉下眸光。她是真的想不明白，京城這些家族的人都是怎麼回事。

程溫如跟徐老都毫無理由地護著秦苒……

尤其是程雋……

歐陽薇指尖掐在掌心。

半晌，她才打了個電話，電話響了幾聲後被接通，她恭敬地開口。

「明老，我見過徐世影了……好。」

歐陽薇走後，徐家大廳裡坐著一批人。

徐二叔有意地看向徐校長，「徐老，這歐陽薇是什麼意思？她跟秦小姐……」

「應該是針對苒苒。」徐校長眉眼沉著，「無論如何，苒苒研究院繼承人的身分不會變，這該是她的。」

他謀劃了這麼久，美洲的關係也找到了，就是程雋那邊出了點問題。

幾十年前，他不敢衝，但這麼多年過去，他羽翼漸豐。

該是秦苒的，徐校長不會有半點退讓。

「最近好好看著苒苒那邊。」徐校長看向徐二叔，不知道為什麼，他心底有些不安，「有情況立刻告訴我。」

「是。」徐二叔看著徐校長，欲言又止。

他心底也有些不安，但又說不出哪點不安。

當天晚上，徐家又有一隊護衛隊出現在亭瀾。

第六章　暴怒前奏

兩天後，研究院——

研究院的資料很多，秦苒來了這麼多天，查了不少編年史，找到了不少一二九都沒有的資料，但大部分都跟研究有關，她只能從研究結論去推斷一些。

秦苒把一份資料蓋上，準備回去找程雋問問。

她剛把資料放好，就收到了巨鱷的訊息，內容言簡意賅，說他準備出發了。

秦苒拿出電腦，幫他掩蓋了一下行蹤，這才繼續自己的實驗。

「小學妹。」葉學長從裡面拿來一份報告，遞給秦苒：「這是我們最新研究出來的，妳晚上拿到徐家詢問一下他們的意見。」

秦苒伸手接過來，這是徐家要拿到美洲市場的研究品。

她頷首，「行。」

因為常寧的話，她也有些事情要找徐老爺說清楚。

晚上，依舊是程水、程木兩人來接她。

秦苒先去徐家。

第六章　暴怒前奏

「老大去見程土了，秦小姐，等妳回去程土差不多也到了。」程水想了想，開口。

秦苒微微頷首。

程土跟巨鱷是死對頭，這兩人都要來京城……

半個小時後，車停在徐家大門前，秦苒直接進去找徐校長，見她的卻是徐管家，徐管家對秦苒十分恭敬。

「秦小姐，老爺去接小徐少了，您要等他嗎？」

「不了。」秦苒點頭，她把研究資料遞給管家，又叮囑一番才離開。

秦苒離開後，徐二叔焦急地開口。

「您忘記了秦小姐在美洲角鬥場待過，您怎麼不跟她說？」

徐管家抿唇：「要說什麼？說老爺因為不想撤掉她研究院繼承人的身分，所以被人暗害？你以為以她的個性，她會去做什麼事？直接找上歐陽薇？老爺跟秦老爺保了這麼久的人，我不會讓她跟歐陽薇槓上！連絡小徐少，讓他回來。」徐二叔不知道，徐管家卻很清楚。

徐世影找秦苒回研究院不僅僅是因為秦苒的天分，還因為她是寧邇的後代。

從上次秦苒從美洲回來，徐管家就知道了徐世影的打算。

「秦小姐像她外公，又像她爺爺。」徐管家搖頭，「從她把美洲的份額給徐家就能看出來，更何況，歐陽薇此舉是針對誰，你看不出來？」

徐世影要保秦苒，那徐家就會保秦苒。

現在徐家在美洲有根基了，上次去美洲，帶了不少菁英幹部進去，徐家也沒了後顧之憂。

「可……」

徐二叔看向徐管家，嘴角動了動，歐陽薇明顯是針對秦苒，這一點他自然能感覺到。歐陽家背後的勢力京城沒人知道。

但光是歐陽薇在一二九的分量，徐二叔就不敢懈怠。

看秦苒在美洲的表現，徐二叔就覺得秦苒不簡單，才會有開口找秦苒的想法。

可聽徐管家的話，他卻反駁不了什麼。

「最近京城一直不太平，京城四大家族，這一次怕是真的要……」徐管家的心猛地一沉，「小少爺出發沒有？」

徐二叔眼眶紅了紅，「他已經在飛機上了！」

「好。」徐管家點頭，將手揹在身後，「徐老已經連絡了美洲物理研究院跟魏大師，明天我會找機會連絡秦小姐去美洲，在美洲物理研究院，還有馬斯家族在，就算是歐陽薇背後的人也不敢動秦小姐，只可惜……」

徐校長一開始為秦苒鋪的路走不通了，從程雋不是程家後代的事情爆出來開始，局勢就已經開始崩潰。

＊

秦苒此時正跟程水一起回去。

她在徐家沒有逗留，回到家的時候程土還沒有來。秦苒把背包裡的資料拿出來給程雋看。

「什麼？」程雋放下手中的古文，接過秦苒手中的資料。

「研究院裡關於我外公的資料就這麼一點。」秦苒接過程木端來的一杯茶，眼眸半瞇著，「總讓我覺得奇怪。」

這上面記載的是各項研究。程雋聽秦苒提過她外公，實際上，陳淑蘭在雲城死後，方震博來到雲城，程雋就猜到了陳淑蘭的身分，此時也不算太好奇。

他翻開研究院記錄的編年史，一頁頁翻看著，他看書也是一目十行，速度不比秦苒慢。

這份編年史主要是記錄物理研究院的創辦人寧邇的資料。

上面寫得很清楚，國內隕石坑被發現的當下就引起了世界各方人馬的主意，記錄也是旁觀人寫的，誰也不知道隕石坑是怎麼發現的，但寧邇研究出了裡面的一種物質。

當時的寧邇是京大的一級研究員，製作出來的反應堆遠超過當時世界上任何一個反應堆的水準。他研究的東西不僅限於武器，還有各種超前的設備。

程雋看到最後一行黑體字的時候，不禁坐直身體，整個人頓住。

「怎麼了？」秦苒喝了一口茶，注意到他的目光不對。

「妳外公……」程雋抿唇，乾淨漂亮的手指指著這行黑字，抬頭看向秦苒，「瞳孔驗證合金門，是妳外公的作品？」

「噗——」對面，程水成功把自己嗆到了。

他也抬頭，震驚地看向秦苒。

秦苒沒立刻說話，半晌之後才笑了笑，放空的眸光有些溫和，又帶著一些說不出來的自豪。

「是我外公。」

當時和程雋一起去美洲停機坪，看到停機坪那黑色的機械門，秦苒就認出了那是她外公的作品。

那扇門，顧西遲的大本營也有一扇。

聽完秦苒的話，程雋點點頭，他也不算太意外，只是捏了捏手指。半晌，他吁出一口氣，把這些資料闔上，半晌他才開口。

「有些蛛絲馬跡，妳外公當時應該是被人脅迫研究重武器，依照他當時的天資，如果不是被脅迫，不會……」

不會就這麼毫無波瀾地離世。

以秦苒外公在物理上的造詣，起碼也會在物理界留下一點什麼東西。

「有一點很奇怪。」程雋指尖敲著桌子，「這上面有一點，秦家老爺找過妳外公。」

「秦家？」秦苒猛然抬頭，她看向程雋。

腦子裡亂七八糟的線終於開始明朗。

程雋當初也很疑惑，秦漢秋怎麼偏偏就在寧海鎮，還成了陳淑蘭的女婿。

「秦家當初的沒落不簡單，跟妳外公外婆有關。」程雋一下子就想到關鍵，眼裡極其冷峭。

有一點他沒說出來，寧海鎮幾年前的爆炸案，肯定不簡單。

秦苒拿著杯子，沉默地坐好。

程雋推斷出來的猜測，她絲毫不意外，當初陳淑蘭會讓寧晴嫁給秦漢秋，還絲毫不介意秦漢秋搬磚，她就覺得不對勁。

陳淑蘭已經死了，但程雋七拼八湊出來的真相，也讓秦苒稍微懂了。

秦老爺保護了她外公，陳淑蘭也一直在保護秦漢秋。

甚至後來同意寧晴跟秦漢秋離婚，也是為了不讓秦漢秋被牽扯進來。
想到這裡，秦苒就不禁想到徐校長。
那徐校長又是為了什麼，在雲城等了她三年？
秦苒捏著茶杯的手也微微發緊。
徐家這些年一直想要在美洲立足，前陣子還特地讓她跟徐搖光一起去美洲……到底是為了什麼？
這不合理，徐家在研究院如日中天，徐老明明知道她對研究院不太感興趣，還非要把她送到繼承人的位置。
她跟程雋在思考這些問題時，門外的程木跟程金已經把程土帶回來了。
「老大！」程土留著一把絡腮鬍，直接往裡面走，目光一掃，停留在秦苒跟程雋身上，顯然十分激動。
秦苒抬頭，看了眼程土。
程土都來了，那巨鱷也差不多要到了。
「秦小姐！」看到秦苒，程土又拱了拱手，十分尊敬地開口。
秦苒本來想跟程土聊幾句巨鱷的事，但因為剛才跟程雋聊的內容，她此時也沒有心情跟程土說下去，只起身跟程土打了個招呼，就往樓上走。

「老大，秦小姐她沒事吧？」程土是個粗神經，性格大咧咧的他也頓了下，看著樓梯上秦苒的背影，略微思索。

程雋知道秦苒現在心情很複雜，他搖頭，「你那裡情況怎麼樣？」

「京城現在的局勢，我還能控制，但是……」程土皺了皺眉，有些遲疑，「但我在來的路上發現巨鱷的蹤跡，一二九要是牽扯進來，那就複雜了。」

一二九的五個元老每一個都不好惹，要是真的牽扯進來，就真的是一場混戰了。

「你們說常寧他在想什麼？不待在他的非洲大本營，來京城湊什麼熱鬧？」程火的火爆脾氣忍不下去了，「端看他們參不參與，一二九交給我來查，要是能有一二九的埠，我肯定能查出些什麼。」

「程土，你跟巨鱷交手了這麼多年，你覺得他有可能跟我們合作嗎？」程水看了程火一眼，沒說話，只是轉向程土。

畢竟其他勢力不一定，但程土至少跟巨鱷有交情。

「不知道，可能性不大。」程土搖頭，「不過他應該不會跟任何一個人合作。」

程雋手指放在桌子上，沒接話，只是淡淡地開口：「按計畫行事。」

「是。」其他五個人頷首。

＊

樓上，秦苒打開自己電腦桌的抽屜，從裡面拿出她的厚重黑色智慧型手機。

手機剛被她拿出來，就自動解鎖了。

「四維虛擬搜尋引擎。」秦苒一手把手機隨意放到一旁，一手打開電腦，「把原始程式碼輸入到我的電腦。」

黑色厚重的手機非常輕快地「嗡」了一聲。

不到一秒，秦苒的電腦就收到一份原始程式碼。

秦苒打算暫時撇開外公、秦家還有徐家的事，先把這份代碼研究好。

她心裡清楚，程雋的猜測八成沒錯。

若是這樣……她外公、外婆就欠秦家太多太多了。

秦苒抿唇，指尖不斷在鍵盤上敲著，開始研究這些原始程式碼。

這手機自她出生起就在她手裡，秦苒也不知道是什麼，陳淑蘭只說是外公留給她的。

她會發現那支手機不正常，是她第一次跟寧晴冷戰的時候。

那天她一個人坐在樓梯上，手機自己亮了，之後出現了虛擬投影還有一些代碼。

秦苒最開始對電腦的興趣，實際上是來自這支彷彿有自我意識的手機，從來沒有充過電，但它的電力卻源源不絕。

秦苒一點一點類比代碼，照這樣的速度，大概還需要一段時間，才能把這些傳給陸知行。

半晌，她口袋裡的手機響了一聲。

秦苒拿出來一看，來電的人正是魏大師。

她一愣，怎麼會這個時候連絡她？

「老師？」秦苒一手把耳機塞到耳裡，另一隻手敲著鍵盤沒有停下。

那邊的魏大師聽到秦苒的聲音，頓了一下才笑著開口。

『苒苒，妳沒事吧？』

秦苒這個時候正專心研究代碼，沒聽出魏大師嘴裡的異樣。

她挑眉，「我能有什麼事？」

『沒，只是聽說了程家的事，』魏大師點頭，『妳沒事就好，要有什麼事，記得直接跟我說。』

「好。」秦苒點頭。

兩人又說了幾句京城最近發生的事，才掛斷電話。

美洲——

汪子楓看向魏大師，「老師，你不是要讓學姊來美協嗎？還想讓她鎮一鎮你手底下的那群學生們。」

聽完，魏大師搖頭，他側身，「京城似乎有事情發生……」

「學姊不會有事吧？」汪子楓一愣。

魏大師說的有事，肯定不是什麼簡單的事。

「你學姊明天就會來美洲。」魏大師擰眉，拿出手機打了通電話給馬斯家族。

*

翌日，秦苒從床上爬起來，就接到了徐管家的電話。

他的聲音跟以往沒什麼不同，就是略帶焦急。

『秦小姐，您能不能和少爺再去美洲一趟？老爺這邊實在沒有辦法了，不然我也不會厚著臉皮來求您……』

「美洲？」秦苒下樓，走到餐桌邊，頓了下。

程雋把牛奶推到她面前，聽到她的聲音，也看向她。

『只有您能幫徐家了。』徐管家頓了一下，嘆了一口氣，『您……』

這個時候，京城局勢複雜。若是幾天前，秦苒不一定會去。

但昨天晚上剛聽了程雋的分析，秦苒對徐家跟秦家的感覺十分複雜。

尤其是徐老。

她喝了一口牛奶，才道：「等我一個小時。」

說完，她掛斷電話。

程雋把烤好的麵包放在她面前，「等一下要去美洲？」

「徐家有事。」秦苒瞇眼想了想，也沒想通美洲究竟還有什麼事，她看向程水，「美洲最近有什麼事嗎？」

「倒是有一件，聽說駭客聯盟會長換人了。」程水坐在另一邊，他咬了口麵包，微微凝眸，「馬修又有得忙了。」

秦苒點頭，這些都跟徐家扯不上什麼關係。

她也吃了口麵包。

「放心去吧，京城有我在，秦家我會幫妳看好的。」程雋看了她一眼，不緊不慢地開口。

對於秦家這邊，秦苒不是特別擔心，有雲光財團跟陸知行在。

她擔心的是徐家……

吃完，秦苒收拾了一個小行李箱。

程雋把她送到機場。程木拖著秦苒的小行李箱，跟在她身後。

秦苒在入口處看到了等著他的徐管家。

「秦小姐、程少。」徐管家微微彎腰，語氣恭敬。

程雋看他一眼，也打了個招呼。

秦苒伸手把帽子往下拉，看向程雋，「你先去找程姊姊吧。」

今天是程家繼承人選舉，秦苒本來要跟程雋一起去的，但徐家這個時候也突然有事，只能先去一趟美洲看情況。

「好。」程雋點頭，他伸手抱了下秦苒，「小心。」

美洲有馬修在，程雋也沒有特別擔心秦苒的狀況。

「秦小姐，把您的證件給我。」徐管家朝秦苒微微彎腰，笑著開口，「我去幫您拿票。」

秦苒朝程木抬抬下巴，程木不情不願、慢吞吞地拿了證件，遞給徐管家，還幽幽地看了徐管家一眼。

秦苒去候機室等徐管家，一進去就看到了一堆人。

除了徐搖光之外，還有好幾個徐家的年輕人，她一頓，微微瞇眼，看向坐在角落的徐二叔。

「這次這麼多人去？」

聽到聲音，徐二叔連忙抬頭，看向秦苒，眼睛裡滿是血絲，半晌嘴角動了動，才開口。

「老爺說了，讓他們去見見世面，以後美洲就是主戰場了，反正有妳在，不用擔心他們的安危。」

這聽起來倒像是徐校長的話，秦苒頷首，沒再說什麼。

她坐在一旁的座位上。

徐搖光這個時候也看過來，「我怎麼沒有看到爺爺？你們不是說京城這邊有事情嗎？」

「確實有事。」徐管家從外面進來，把秦苒跟程木的機票遞給程木，「秦小姐這邊的研究品已經出來了，還要等你定奪……時間到了，你們快上飛機吧。」

徐管家說著，他低頭看了看手機，笑著開口。

時間確實不早了，九點半的飛機，現在是八點五十分，提前半個小時登機。

秦苒跟徐搖光都登上了飛機。

徐管家站在登機口，看著他們全都進去。

等到九點半，徐二叔傳來飛機起飛後的最後一則訊息，徐管家才走到外面，抬頭看著頭頂的飛機笑了笑。

他把手中秦苒的證件收起來，走到車內，沉穩地吩咐司機：「開車。」

*

美洲——

晚上九點，秦苒等人到了南部經濟中心，這邊還有不少駐紮的人。

「小徐少，秦小姐！」看到秦苒兩人，這些駐紮的人都十分激動，大隊長直接跑過來，「秦小姐妳怎麼來了？」

而一同從京城來的菁英幹部都好奇地到處看。

秦苒將手揹在身後，看著湊過來的大隊長，「美洲這邊不是出了問題？」

聞言，徐搖光也暫時放下了吩咐的事，看向大隊長，也想詢問。

正是因為接到了美洲的緊急通報，他跟秦苒才會趕過來。

「這邊沒問題啊。」徐家護衛隊大隊長不禁伸手撓頭，看著秦苒，也有些困惑，「瑞金大人很照顧我們，還有拳王在，我們徐家在經濟中心十分穩定，怎麼可能會出事。」

此言一出，徐家這一行年輕人也面面相覷，「徐管家不是說美洲出事了嗎？」

秦苒的表情千變萬化。

她並不傻，此時已經感覺到不對勁。

她直接轉身，厲聲道：「程木，準備一下，回京城。」

程木點頭，連忙拿出手機開始連絡。

「秦小姐！」一直在人群中的徐二叔笑了笑，「秦小姐，妳就在這裡玩幾天再回去……」

秦苒的腳步頓住，面色冷峻地看向徐二叔，「我老師呢？」

聽著她的話，徐二叔此時終於忍不住猛地跪下，眼睛通紅，硬是忍著沒流出淚來。

「徐管家讓我轉告您，徐老他們都希望您好好活著，您外公沒達到的位置，希望您能做到！」

秦苒往後退了一步，她雙手捏著，腦子有些混亂，只重複：「我老師呢？」

徐二叔頭磕著地板，「徐老他！已經不行了！」

秦苒的腦袋瞬間炸開。

京城幾大研究院的資料都不太清楚，秦苒只能從細枝末節分析事情的真相，徐家、秦家這兩家當時絕對撇不清關係，然而，此時秦苒卻什麼也想不下去了。

陳淑蘭當初不想讓她去京城，在她放棄物理的時候也沒有勸她，而她外公、外婆即使躲到寧海鎮，都逃不了死亡的命。

秦苒閉上眼，她無法控制自己腦中的思緒，徐校長完全是因為自己才受到牽連。

「程木。」她只聽到自己毫無情緒的聲音。

程木跟在秦苒身後這麼久，早就知道她的脾氣，他直接點頭，嚴肅開口：「已經連絡程土了！」

在京城，程老爺已經去世了，這個時候徐老再出事，就算是程木也明白，背後這人明顯是針對四大家族而來。

周家也是強弩之末。

徐二叔看著秦苒的樣子，就猜到秦苒肯定會回去。

他搖頭，此時也裝不出笑容，只能說徐老沒有保錯人。

「秦小姐，徐管家已經把妳的證件留在國內了。」徐二叔看向東邊，「等這段時間過去再回去吧，妳在馬斯家族跟美洲的幾大勢力有了身分，到時候就算回國，也沒人敢動妳。老爺幾天前就預料到這種情況了，他希望妳不要有負擔。」

程木聞言一愣，拿出他包包裡的證件一翻。

他跟秦苒的證件全是空白頁。

之前在國內，徐管家要幫他們取票，程木只以為徐管家是不要臉地獻殷勤，怎麼知道徐管家會做出這樣的小動作。

美洲對通行證管理得很嚴格，程雋現在又暫時退出美洲。

程木直接看向秦苒：「秦小姐……」

秦苒看了徐二叔一眼，什麼也沒說。

直接拿出手機，撥了一通電話。

電話只響了一聲。

手機那頭，馬修正在追查黑鷹等人的蹤跡，他的手機有安全系統，普通推銷電話是打不進來的。此時看到一個海外電話，他隨手接起，聲音十分冷硬。

『你好。』

秦苒手指捏著手機，手幾乎在顫抖。她深吸了一口氣，才勉強冷靜下來。

「我要回國，沒有證件。」

聲音冷酷，很熟悉的命令式發言，電話音質的保真度也高，讓馬修頓了一下。

他放下手邊的事，擺手讓身邊的人離開，然後往外面走了兩步，揚眉，聲音也沒剛才那麼冷硬了。

『……Q？』

之前程雋跟馬修說過秦苒的事情，馬修雖然相信了，還給了秦苒一份文件，但真正聽到秦苒本人的聲音，他還是沉默了半晌才幽幽吐出一個字母。

「是我。」秦苒的臉色沉下，「讓我回國，黑鷹那邊我幫你對付。」

黑鷹這個人從不低調，道上知道他成為駭客聯盟會長的人很多，由神出鬼沒的Q對付黑鷹，肯定沒問題。

不過，就算秦苒沒有交換條件，馬修也會幫這個小忙。他那邊也沒有猶豫，直接開口。

『地址給我，我帶妳出境。』

以美洲現在的情況，除了馬修，沒有第二個人能讓秦苒在短時間內回國。就算是馬斯家族也不行。

秦苒可以改航班資訊，但這需要時間，尤其美洲停機坪的系統是她當初在美洲親自修改的，想要破解太難，只能讓馬修出馬。

她報了一個位址給馬修就掛斷電話，看向徐搖光。

「你要回國嗎？」

徐搖光現在心裡承受的衝擊絕對不比秦苒小，但是作為徐家下一任繼承人，他勉強冷靜下來，只抬頭看向秦苒。

「我的證件也被管家換了……」

「回不回？」秦苒重複了一遍。

聽著她的話，徐搖光抬頭，「回。」

「好。」秦苒點頭，「跟我過來。」

徐搖光、程木直接跟著秦苒走出大門外。

第六章　暴怒前奏

「秦小姐？」

門外，知道秦苒來美州消息的角鬥場大隊長卡羅跟拳王伯特都過來了，看到秦苒滿臉冰霜的樣子，不由得頓了一下。

秦苒一身寒氣，直接越過了他，停在徐家於美洲駐紮地大門外的空地。

「這是發生什麼事了？」卡羅看向徐二叔。

徐二叔看秦苒的樣子，像是鐵了心要回國，他不答反問，「沒有證件，能出離開美洲嗎？」

秦苒太有自信了，徐二叔有點慌。

卡羅搖頭，「不行，美洲對這方面的規矩一向很嚴格，就算是我們家主，短時間內也沒辦法。」

「那就好。」徐二叔鬆了一口氣，只要秦苒跟徐搖光回不去，那就好。

卡羅看著徐二叔，微微瞇眼，「究竟發生什麼事情了？」

「一言難盡。」徐二叔長嘆一聲。

這兩人正聊著，秦苒還站在大門口等著。

卡羅一開始還有些好奇，半個小時後，他就有點失去耐心了。與此同時，不遠處有一列車隊往這邊開過來。

為首的是一輛軍綠色的車，右邊的後照鏡上插了一個旗子。
駕駛座的人下車，他朝秦苒看來，直接拱手：「秦小姐，老大讓我來接妳！」
秦苒點點頭，她朝後面看了一眼，身後幾乎全是徐家的菁英幹部。
徐世影真的是存著破釜沉舟的想法，把徐家幹部都送出來了。
秦苒一向自負，可這個時候也不敢拿整個家族的人冒險，她能保住徐搖光一個，但不敢保證能把所有徐家人都保住。
「三個人。」她收回目光，看向馬修的手下。
馬修手下認識程木，此時也不說什麼，直接點頭。
「行，老大在匆忙間安排了一個十人艙位，完全夠了，先上車。」
「上去，回國。」秦苒瞥向徐搖光。
徐搖光現在腦子裡都是徐世影，對馬修手下的出現有些疑惑，卻沒有多想。
三人上了車。
徐二叔這才從呆愣中反應過來，他連忙往前跑了一步，「秦小姐！卡羅大人都說了，就算是馬斯家族也暫時沒有辦法離開，妳別……」
「我能。」秦苒堅定地看他一眼，然後「砰」地一聲關上門。
說話時，馬修手下已經把車開走了，只剩下汽車廢氣。

美洲大大小小的勢力不少，徐二叔並不了解美洲的局勢，也沒研究過馬修一方的勢力。看到秦苒、徐搖光被陌生的車帶走了，他不由得看向卡羅，十分驚慌。

「卡羅大人，小少爺他們不會有事吧？秦小姐還說能回國……」

卡羅都說了短時間內不可能回去。

但徐二叔說完，卡羅卻頓了一下，看著車離開的方向。

卡羅沒說話，他身邊的伯特卻一臉淡定。

「徐先生，你不用擔心，剛剛那人是馬修的人，要是他都沒有辦法讓人離開美洲，整個美洲就沒有其他人能辦到了。」

「馬修？」徐二叔跟徐家其他人又聽到了一個熟悉的名字。

「美洲協力廠商勢力，國際刑警。」卡羅終於收回目光，沉默了一下，「如伯特大人所說，如果連馬修都沒有辦法，那也找不到其他人了，不過，秦小姐怎麼會認識馬修……」

兩人說話時，徐家其他人面面相覷，國際刑警馬修？

這又是個新名詞。

徐二叔聽到卡羅說秦苒他們真的能回京城，整個人就有些慌了，也來不及思考秦苒跟馬修之間的關係，直接打電話給徐管家，通知了這件事。

*

機場——

馬修停在一架飛機前，等著秦苒。

他最近幾天很勤奮地刮鬍子，只是這一次秦苒看著他，情緒並沒有太大變化，只有滿臉冷意。

「妳……」馬修看到她的表情，也不聊程雋跟Q的事，只擰了下眉，「沒事吧？」

因為Q當初幫助了一個華國人轟動世界的事件，秦苒在馬修心裡直接被貼上了好人的標籤，最近兩年她還幫忙破了不少案子。

兩人雖然說純屬合作關係，但因為有顧西遲在，又往上增添不少情分，若秦苒真的有事，馬修不可能不幫忙。

「沒事。」秦苒抬頭，看著飛機的方向。

她說沒事，應該是能解決，馬修也不多問，他往後退了一步，「直接上去吧。」

「謝謝。」秦苒應了馬修一句就上飛機。

現在美洲已經將近凌晨了，到達京城機場的時候，也恰好是凌晨。

秦苒在飛機上關了手機。

下了飛機，她低頭，將手機開機，程雋那邊她在美洲的時候已經通過電話了。程水在京城等她。

「程金現在在醫院。」程水朝徐搖光點點頭，「徐老現在人在醫院，老大也去看過徐老了，他現在在處理程家的事，不過顧先生在醫院，您去看看就知道了。」

程雋知道徐世影的消息，肯定會去看他，但一路上卻沒告訴她徐老的消息，還把顧西遲都請來了，秦苒不由得握緊手。

「先去醫院。」她當機立斷。

＊

凌晨沒什麼車，不到半個小時，秦苒就到了醫院。

醫院，徐管家和顧西遲都收到了消息，在大門口等秦苒。

看到秦苒跟徐搖光雙雙下車，他不知道該說什麼，該說徐老沒看錯秦苒，還是該罵秦苒？

「秦小姐，君子報仇十年不晚，老爺好不容易才把你們送到美洲，避開這次禍端，您怎麼不聽話？您再回京城，老爺要拿什麼保您？」徐管家抿了抿唇。

「他人怎麼樣了？」秦苒沒回徐管家，只問顧西遲。

顧西遲搖頭，在前面帶路：「不好，徐老體內本身就有餘毒，跟程家那位體內的毒性差不多，又被人刻意拷問。」

顧西遲這麼說就是不樂觀。

秦苒沒說話，按下電梯，徐校長的病房在十九樓。

秦苒匆匆到達的時候，徐校長正靠在枕頭上，嘴邊帶著微笑看她。

「我以為妳不會趕回來的，真是糊塗。」徐校長搖頭，他看著秦苒，嘴角囁嚅著，說不出什麼話。

臉色挺紅潤的，秦苒的心卻涼了。

這狀態，跟程老之前一模一樣。

「歐陽薇？還是明海？」秦苒的指尖掐入掌心，一雙眼睛通紅。

徐校長抓著秦苒的手，「沒事，苒苒，這一切跟妳沒關係，程老頭死的時候，我就知道我的時間也不多了。實際上我也有對不起妳的地方。當初妳外公被趕出美洲，退出京城，又退出物理界，我們徐家袖手旁觀，我愧疚了幾十年，妳外婆失望至極，死也不想回京城，如今終於找到了機會彌補……」

說到這裡，徐校長握緊了手，「我算錯了，原本以為過了這麼多年，那些人不會再繼續追殺妳，妳要是繼承研究院，就只有方震博那麼一個敵人……苒苒，妳答應我，把妳外公的研究完成並帶到全世界，妳是他唯一的繼承人，不要衝動，衝動了，我們這麼多人的犧牲就白費了！」

「我本來就是該死，此時也算是解脫了。」徐校長嘆了一聲，「我就怕程雋沒辦法保護妳，才讓妳出國，可妳偏偏又回來了，那就跟著程雋吧，我也只能相信他能把妳保護好……」

徐校長咳了一聲，他的聲音也有些微弱，又轉向徐搖光，「沒想到死前還能見到你們，若這次徐家能倖存，妳……妳的能力我也放心。」

秦苒的掌心幾乎掐出了血。

徐校長說完這些，放在床邊的手也慢慢往下滑落。

他看著秦苒跟徐搖光，眼裡滿是擔憂。

「爺爺！」徐搖光跪到床邊。

秦苒抬頭，她有些愣愣地看向醫院的窗外，眼裡已經沒有任何淚水。

徐管家也隨著徐搖光半跪在病床旁。

病房裡充滿壓抑的哭聲。

半晌，秦苒才開口，「徐管家，是歐陽薇嗎？」

徐管家沒有說話。

秦苒點點頭，也沒再說什麼，只扯了扯嘴角，幾乎喃喃地開口。

「那就一個一個來吧。」

她往後退了一步，直接往門外走。

「秦小苒！妳要做什麼！」顧西遲直接開口。

跪在地上的徐管家也反應過來。

他抹掉眼淚，直接朝秦苒看去，「秦小姐，您不要再衝動了，老爺的話您沒有聽清楚嗎？他們就是故意的，不是歐陽薇，是明海的心腹，可是我們沒有任何證據，當初秦家老爺也是這麼不明不白地死了。就是因為老爺死也不肯撤去妳繼承人的身分！在老爺眼裡，您就是不可撼動的繼承人，只要有妳在，方震博他們就永遠也沒有機會，他為了您做到這樣的地步，您為什麼還要這麼衝動，白費他的苦心？」徐管家直接開口斥責，看向秦苒。

實際上，徐世影的死跟秦苒有些關係，但徐管家知道，就算沒有秦苒，徐世影也難逃這個命運。

他這麼說，完全是想要秦苒惜命，只要秦苒不這麼衝動，在程雋身邊待著，就算是歐陽薇跟明海都不敢下手。

可秦苒衝動了，露出的破綻一多，徐世影這一死，都保不住她……

「因為我？」秦苒終於從秦管家口中了解到事情的來龍去脈，她從來不知道自己的身分這麼重要。

她在門口停下，沒有什麼表情地看了病床一眼。

「他的心腹是嗎？我知道了，你們等我回來。」

說完，她拿著手機，朝電梯門口走去。

她錯了，陳淑蘭也錯了。

避開那些人並沒有用，就算外公躲到了寧海鎮，還是躲不掉一場爆炸案；還是躲不掉二十幾個研究員的慘死；還是躲不掉徐校長的離世，連寧薇都受到了牽連，陳淑蘭死也不踏入京城，就算這樣也還是躲不過。

那為什麼還要躲呢？

「秦小姐！」

秦管家站起來，他沒想到這個時候的秦苒根本聽不進任何話，直接追了出去。

程木也沒想到秦苒直接離開了。

身後，顧西遲跟程水都不是傻子，從秦管家嘴裡聽出了一些線索。

這兩人多多少少都知道秦苒那寧為玉碎，不為瓦全的個性。

會去地下角鬥場打地下拳擊的人會輕易退縮嗎？

此刻秦苒就這麼出去，肯定是去找歐陽薇或者明海那些人了。
兩人面面相覷，臉上都有些變化，也追了出去。
「秦小姐，您先別衝動，等老大回來。」程水在電梯前攔住她。
他對歐陽薇也有些忌憚，才會攔住秦苒。
秦苒抬頭，臉上一片冷色，眸子又出現了初見時的血光。
「你們打不過我的，讓開。」
程水想攔人，然而秦苒說得沒錯。
地下角鬥場的拳王，程水確實攔不住。
在秦苒冰冷的目光中，程水張了張嘴，最後幾乎嘆息著讓開一條路。
秦苒走到電梯內。
程水跟顧西遲面面相覷，也跟上去。
徐管家擔心秦苒的安危，「秦小姐，您再這樣下去，程少都保不住您……」
叮——電梯門打開。
秦苒目不斜視，直接往醫院大門外走，程水沉默地跟著，已經連絡了程雋跟程火等人。
徐管家還在苦口婆心地勸。
一行人走出醫院大門，就看到大門旁站滿了兩排身上幾乎沾了血氣的黑衣人。

第六章　暴怒前奏

徐管家面色一變：「肯定是他們的人，秦小姐，不要意氣用事，我早說了，您跟小少爺不應該回來。」

秦苒直接繞過徐管家，走到一眾黑衣人面前。

為首的黑衣人往前走了一步：「青林待命！」

青林——巨鱷手下第一大將。

秦苒在美洲的時候就和青林、巨鱷見過一面。

她在巨鱷心中有很高的威信，雖然巨鱷沒明說，但他的手下知道，巨鱷是把秦苒當作兄弟看待。

在她回來的路上，巨鱷早就到了。兩人的默契還在，秦苒到達醫院沒多久，青林就趕過來了。

她抬頭看著青林，腦子裡已經沒有其他想法，只有一股之前被壓抑在內心的血氣。

外婆曾經警告過的；外公曾經叮囑過的；她曾經好不容易放下的……今天都要一一撿回來。

「留一隊人在醫院。」秦苒雙手緊握，「其他人去歐陽家！我要活的！」

「是！」青林轉身，向後方揮手，「出發！」

這種事青林也不是第一次做了，巨鱷這次在常寧跟秦苒的刻意隱瞞下，帶來的都是萬中挑一的人物，人群殺氣凜然，浩浩蕩蕩地朝歐陽家的方向前行。
程水往前走了一步，想要跟上，卻被青林攔住。
「先生，請止步！」青林畢竟上過戰場，目光如刃。
從攔人的力道中，程水就能感覺到面前這個男人的實力絲毫不比自己弱。
門「砰」地一聲關上。
除了青林留下的一隊人守在醫院，這些人一看就不簡單。
徐管家除了走出大門後跟秦苒說了一句，其餘一個字都沒說出口，只能呆愣地看著秦苒等人離開的方向。
程水看著秦苒上車離開的背影，微微動了動眉，「京城什麼時候多了這些人……」
青林他們一看就不簡單，實力絕對不比彼岸莊園的那些人差。
秦苒跟著他們走了。
程水還是擔心，因此打了電話給程雋，至於醫院這邊，程水沒有離開，他只是看向徐管家。
「你先上樓，處理後事。」
徐管家著急地看著程水，「秦小姐她不會有事吧……」
「不會。」

程水瞥了徐管家一眼，然後拿著手機直接離開。

電話打通後，那邊的程雋一改往日的慵懶，惜字如金，『說。』

「徐老爺的離世有點可疑。」程水瞇眼，抬起下巴，讓程木開車：「秦小姐去歐陽家了，帶的人……不像是普通人，為首的那個人身手跟我差不多。」

程雋這邊，程火連忙站起來，他看向程雋，連忙開口：「我們帶些人馬過去！」

「你帶人去。」程雋起身，眸色沉斂，「我先去一趟醫院。」

程雋看起來不擔心秦苒，自己開車去了醫院。

在他身後，程火也打了電話給程水。

他站在程家大門口，看著程雋的背影，不由得瞪大眼。

「老大不去看秦小姐嗎？他沒事吧？」

竟然要先去醫院？

莫非程老爺的死打擊了他？

電話那頭的程水也正開車去歐陽家，對於程火的問題，他沉默了一下。

「你人不要帶太多……」

第七章　直接闖入

歐陽家——

歐陽薇正在房間內跟人通話。

「明先生。」她坐在書桌前，翻了翻資料，恭敬地開口，「巨鱷已經確定來了，他沒那麼低調，但來京城的原因我不知道。」

『一二九目前有什麼想法？』電話那頭的明海語氣很淡，『能合作就儘量合作，不要與之為敵。』

對於之前混跡於非洲的常寧，明海十分忌憚。

「好，不過……」歐陽薇皺眉，一二九太過古怪，她能考到中級會員已經是頂尖了，「我不知道內部會員有什麼規定，但至今常寧他們沒有任何一個人連絡我。」

『正常。』明海倒不覺得奇怪，『他們五大元老都不是好惹的，除了常寧跟巨鱷，其他三個人都查不出一點東西，尤其是那孤狼跟晨鳥，妳想要打入內部，還有點距離。』

不過短短兩年能考到中級會員，已經很優秀了，也為明海獲取了不少情報。

「謝謝明先生。」歐陽薇笑了笑，說話時又頓了頓，「程少那邊……」

第七章　直接闖入

『他快要撐不住了。』明海淡淡開口，『等他發現沒有我，連身邊的女人都守不了，就會回來了。』

聽到這一句，歐陽薇面色變了變，那句「身邊的女人」十分刺耳。

她掛斷了電話，然後坐到書桌前，打開一二九官網，開始查看最近巨鱷的消息，孤狼、晨鳥、渣龍她暫且放下，巨鱷是最好攻克的一個。

＊

歐陽家門外──

現在歐陽家作為四大家族之一，底蘊不及雖其他家族，但護衛不少。

青林這行人身上殺氣騰騰，一看就不是什麼普通人。看門的兩人立刻警惕地攔住大門。

「站住，什麼人，敢私闖歐陽家？」

秦苒眸中殺意凜冽，她想不通這些人暗害徐校長能有什麼好處，但此時她已經顧不了那麼多了，一個眼神都沒有給兩個護衛，直接闖入大門。

兩個護衛想攔下秦苒，卻連秦苒的衣角都沒碰到，就被青林跟另外一人一手一個扔到了門內。

秦苒一路往屋內走，歐陽家的院子裡有些微燈光。

冷佩珊和歐陽家主一行人正從屋內出來。

「秦家的事情就暫且別管了，最近ＩＴ界對他們的工程十分看重。」歐陽家主瞇了瞇眼。

冷佩珊上次在發表會丟了大臉，此時聽著歐陽家主的話，極其不服氣，卻也不敢說什麼，只抿唇，面色不爽。

兩人正說著，前院人影混亂，隱隱約約有警報聲響起。

「什麼事？」歐陽家主擰眉，他側身看向管家。

事發突然，管家也沒收到消息，「好像就在校場，應該是意外。」

歐陽家主皺眉，往前走。

如今這個情況，京城裡敢打歐陽家主意的人沒有幾個，程家老爺死了，形同一盤散沙，想必也不敢在歐陽家頭上動土。

幾個人都不太在意，不覺得會有什麼事情發生。

轉過一道長廊，來到歐陽家入口處的校場。

此時還是夜晚，歐陽家主跟冷佩珊到的時候，校場幾盞高大的白熾燈猛然亮起。

一束束燈光打在校場上一眾喋血的人馬身上。

冷佩珊看到站在所有人面前的秦苒。

第七章　直接闖入

秦苒將手揹在身後，應該是在想什麼事情，聽到有人來了，她淡淡抬頭，眉眼沒有往日的散漫，只有無盡的冷酷，像是夜晚看不到盡頭的無限夜空。

「不想死，就讓歐陽薇出來。」

秦苒是京城最近的新銳，不說其他人，歐陽家主都對她有所耳聞。

聽到秦苒的話，歐陽家主一頓，他覺得自己聽錯了，覺得有些可笑。

「秦苒，妳再說一遍？」

如今程家失勢，秦苒跟程雋在京城的影響力小了一半。

就是新進來的雲光財團有點神祕。

秦苒沒說話，青林直接抬手，手下眾人的鐳射武器全都亮出來：「不想死，就讓歐陽薇出來！」

滴滴滴——

與此同時，數十個倒計時計數器瞬間在歐陽家響起。

歐陽家主也不是沒有見識的人，聽到這些聲音，再看看秦苒冷酷沒什麼表情的臉，就知道她不是開玩笑，是認真的。

「讓小姐過來。」歐陽家主自然不敢惹秦苒，直接往後退了一步，偏頭吩咐管家。

不用歐陽家主說，身邊的人已經通知歐陽薇了。

如今歐陽家雖然有家主，但實際上所有人都知道，做主的還是歐陽薇。

沒過多久，歐陽薇就出來了。

她剛和明海通完電話，最近心裡也對秦苒有些鬱悶，看到秦苒，她瞇了一下眼睛。

秦苒身邊的人對她來說都十分陌生。

秦苒來者不善，歐陽薇能感覺到，但她面色淡定，笑得優雅。

「秦小姐？」

「徐校長……徐老的事妳有參與吧？」秦苒臉上沒什麼表情，一雙深寒的眸子看向歐陽薇。聽上去像是疑問句，語氣卻十分肯定。

歐陽薇表情一頓，徐老爺的死她還沒有收到消息，但看秦苒的樣子，她有些感覺，不由得皺了皺眉。

「妳什麼意思？」

「沒什麼意思。」秦苒轉身，看向青林，「把她跟歐陽家主帶走。」

歐陽薇心機深，但身手不行，根本就不是青林的對手。

「秦苒，妳想幹嘛？」歐陽家主一愣，沒想到秦苒是來抓歐陽薇走的。

更沒有想到秦苒膽子竟然那麼大，在這個節骨眼，居然敢這麼囂張？

她不怕死嗎？

第七章　直接闖入

「合法拘留。」秦苒看了歐陽家主一眼，直接側身離開，「帶走！」

至於歐陽家其他護衛，還沒接近秦苒，就被青林等人揮開了。

「沒事，爸。」歐陽薇臉上不動聲色，一點也沒有慌張的模樣，「我不會有事，他們不敢動我們的。」

聽了歐陽薇的話，歐陽家主心情稍微平靜了一點。

秦苒一行人來得快，離開得更快。

等程火帶一行人趕到的時候，秦苒剛離開，歐陽家只剩下一行苟延殘喘的敗兵。

程火有些迷茫，他轉了轉頭，看向也剛趕來不久的程水，現在的他終於知道，為什麼程雋跟程火等人一點也不著急了：「程……程水？」

程水也緩緩鬆了一口氣，他擰眉略微思索，「秦小姐應該回別墅了，一起去。」

程雋除了在京大周邊有個公寓，在靠近郊區的地方也有別墅。

程火點頭，秦苒的車隊就在前面不遠處，他沉默了一下，看向程木跟程水。

「你有沒有覺得，秦小姐她有點囂張？」

就算是他，也不敢光明正大地把人抓走，好歹也是遵紀守法的公民……

程水沒說話。

程木倒是冷靜，他淡淡地看程火一眼，直接踩了油門。

＊

別墅——

青林一行人身上的血氣實在太重，歐陽家主心底有些不安。

他們沒有銬住他，因此他拿出手機偷偷打電話，但青林一把把他的電話拿過來。

「秦小姐。」

秦苒下車，她看了歐陽家主一眼，「讓他打。」

青林對秦苒的吩咐沒有任何意見，又把電話扔給歐陽家主。見秦苒讓自己打電話，還沒有沒收手機，歐陽家主連忙撥通了電話。

「秦苒……」

電話那邊接到報案，本來在記錄消息，事關歐陽家，但在電腦上輸入「秦苒」兩個字之後，頓了一下。

接線人員看著電腦上的資料，深吸了一口氣。

『歐陽先生，秦小姐不是非法拘留，抱歉，您可能要找大隊那邊。』

電話被掛斷。

這一路上，歐陽家主心裡都沒有特別緊張，但在這個時候，終於有些忍不住了。

「薇薇，我們沒事吧？」他看向歐陽薇。

歐陽薇情緒淡定，動作依舊優雅，不顯半點慌亂，只笑了笑，「爸，你放心。」

「關進地下室。」秦苒沒聽兩人的寒暄，直接吩咐。

這件事青林他們做不了主，畢竟這裡是程雋的地盤，程水連忙往前走了一步。

「把他們帶下去，順便帶兩個兄弟下去審問一番。」

徐世影的事情滿是疑點，秦苒既然把歐陽薇帶回來，程水自然不會旁觀。

「秦小姐，還有其他吩咐嗎？」青林左看看右看看，沒有其他事情，朝秦苒拱手。

秦苒搖頭，頓了一下才開口：「謝謝。」

「不敢不敢。」青林撓撓頭，連忙往後退了兩步，「這算什麼，您要是有其他事情，請直接吩咐我，老大還在跟那邊喝茶，特地讓我跟著您。」

他說的那邊，自然是指常寧。

「不用了，你先回去吧。」秦苒朝他點點頭。

「好，有事您連絡老大。」青林一揮手，讓人撤退，「醫院那邊的人就留在那裡。」

青林提到醫院。

秦苒抬頭，看向程水，「你先審問，我去一趟醫院。」

*

醫院——

徐家其他留在京城的人也來了不少。

「程少。」看到程雋，徐管家不禁低頭彎腰。

程雋先看過徐校長，才閉上眼，然後深吸了一口氣。

「你跟我出來。」這句話是對徐管家說的。

此時，醫院走廊上的人絡繹不絕。

程雋走到走廊盡頭，他手裡拿著一根菸，骨相清瘦，側著身體，眉眼很深。

「徐管家，徐老這麼大的事情，之前為什麼沒人告訴秦小姐？沒有半點風聲？你不知道，但徐老不會不知道她的性格。」

徐家一大家子的人都瞞著秦苒，陳淑蘭死的時候程雋就能感受到秦苒內心的痛苦，現在又發生徐校長這件事。

程雋抿唇，他不敢想像秦苒會有多自責。

這聲音拉回了徐管家的思緒，他搖頭，苦笑。

「還是瞞不過您，是老爺自私了……」

程雋知曉有內情，他瞇眼，看向徐管家。

徐管家直接朝程雋跪下，「程少，您應該知道徐家能走到如今這個地位是靠物理研究院。」

這件事程雋也是最近才知道，物理研究院他不怎麼關注。

大部分都是透過秦苒帶回來的研究院資料得知。

聽徐管家這麼一說，程雋就想到了一個可能。

「寧邇先生當初是物理研究院第一人，身懷機密，被人逼迫，當初徐家為了物理研究院的主導權袖手旁觀，反而是秦家人出手相助。寧邇先生跟秦老爺是兄弟，兩人都是驚才絕豔的人物，卻都沒有好下場……」徐管家朝程雋重重地磕了一個頭，「老爺……老爺他愧對秦小姐，眼下秦小姐進了研究院，他的遺願就完成了。」

程雋指尖發涼，沒有開口。

徐管家再度重重磕下頭，「當初在雲城，老爺找秦小姐，秦小姐不答應，他再三思索之下，在陳教授臨死之際才敢去找陳教授……這一次，老爺知道了當初徐家前人當初做的事情，寧死也不來醫院，最後是我跟諸位管家求他來的。」

徐家踩著寧家人的屍體上位，徐世影一身清高，除了把研究院還給寧家後代，也不知道能做什麼。

徐世影一心求死。

把這件事告訴秦苒？

別說徐世影，就連徐管家，也沒有這個臉。

徐家前人踩著寧家人上位，在寧邇被逼迫的時候甚至不敢出來，因此徐世影最想得到寧邇跟陳淑蘭兩人的諒解，只是兩人都已經離世。

程雋任由徐管家跪著，沒有說話，只看向走廊盡頭。

半晌，他才開口。

「你起來吧。」

徐管家跌跌撞撞從地上爬起來。

他若有所感地朝背後看了一眼。

對面的電梯門緩緩闔上，徐管家沒看清電梯裡面的人。

*

別墅——

程火坐在大門口，看到秦苒跟程木回來，忍不住驚訝地抬眸。

第七章　直接闖入

「秦小姐，妳怎麼這麼快就回來了？」

秦苒身上似乎比剛剛更冷了。

她抬頭，滿臉寒霜：「有問出什麼了嗎？」

「郝隊也來了，目前沒進展，我帶妳下去。」程火一邊說，一邊帶秦苒往地下走。

「她口風很緊。」程水跟郝隊聽到秦苒下來了，都往外面走，透過單向玻璃看著裡面的歐陽薇，皺起眉。

郝隊看向秦苒，「而且，她背後人太多，不好動，而且根據情報，巨鱷似乎帶了大批人馬來京城……」

「是嗎……」秦苒喃喃開口，她點點頭，推開玻璃門進去。

「秦小姐！」程水跟郝隊等人連忙趕進去。

秦苒看向歐陽薇，「妳是怎麼拷問徐老師的？斷十指？」

她朝身邊的人抬抬下巴，這裡都是程雋的心腹。

「秦苒，妳敢？」歐陽薇把玩著手機的手頓住，面色一變。

「我為什麼不敢？」秦苒手撐著桌子，慢慢逼近歐陽薇，眸色陰冷，「妳想說妳有後臺？誰？歐陽家？明海？他們敢在京城動土嗎？我想想，還有一二九是嗎？」

秦苒低頭，看著歐陽薇手機上一二九巨鱷的官方頁面，她伸手，一個一個按下一串數字。

「這是巨鱷的電話，我幫妳打了。」
郝隊跟程水等人也跟著秦苒進來，聽到秦苒的話，這兩人面面相覷。
巨鱷？
他是今天京城一部分勢力的話題人物。
秦苒打出巨鱷的電話。
正在思索的程火愣了一下，他張了張嘴，又帶著驚愕的表情看向跟進來的程木，無聲地詢問：『秦小姐究竟是哪個勢力的？』
秦苒不可能說謊。
歐陽薇查過秦苒的資料，不只一次，但都沒有查到太多內容，網路上關於秦苒的資料不少，但大部分的傳言都被刪除了。
此時看到秦苒在她手機上按出的手機號碼，歐陽薇一頓，才抬頭，目光落在秦苒身上，「妳以為妳說一句我就會信妳？」
巨鱷是誰？
先不說他是一二九的元老，就算在美洲也有他的一席之地。
他做的不是什麼乾淨生意，和他做過交易的勢力數不勝數。
眼下京城也是局勢不穩，四大家族面臨危機，不然，他們也不敢放巨鱷這種危險人物進來。

歐陽薇動用了那麼多種辦法，至今連巨鱷的連絡方式都不知道。

對於秦苒的話，歐陽薇半個字也不想相信。但是巨鱷今天才過來，秦苒竟然就知道巨鱷的消息，還知道她在找巨鱷，歐陽薇低下頭，手指微緊。

歐陽薇表面上淡定，實際上心底有些慌了。

秦苒今天的表情異常冷靜，她微微瞇眼。

「是不是假的，妳很快就知道了，妳看看今晚有沒有人敢來撈妳。」

「我等明海，等妳的勢力，妳的電話我也不會掛掉。」秦苒冷靜地看向歐陽薇，目光平靜到如同看著一個死人，「我等著看是妳能出去，還是我比妳先死！」

啪──

秦苒把歐陽薇的手機扔到桌子上，然後轉身出門。

她扔手機的時候，手裡的電話也接通了。

『喂──』

對面是一道低沉又帶著點異域風情的聲音，聽起來有些冷漠。

地下室內，程水、程火、郝隊、歐陽薇跟歐陽家主都在。

此時每一個人心中都想著同一件事──

這他媽不會真的是巨鱷吧？

歐陽薇緊抿著唇，沒有說話，倒是程水往前走了一步，他若有所思地開口。

「您好？」

『沒錢，不買房，有車險了，暫時也不缺車位，不投資，投資找渣龍，只缺飛機，還缺火箭，沒事我掛了。』對面的聲音連連拒絕，又離遠了一點，『怎麼剛到京城就有推銷電話找上門來，我的電話號碼什麼時候又被渣龍賣給廣告商了？』

然後直接掛斷了電話，語速不快，還帶著一點狠意。

歐陽薇的手機通話時間不足一分鐘，四周一片寂靜。

提到渣龍……

秦苒不是那麼無聊的人，會找人來演這齣戲。

歐陽薇本來篤定的表情，此時也變得煞白。

等程水一行人離開，歐陽家主才看向歐陽薇。

「薇薇，我們……那是不是真的是巨鱷？就是……是邊境那裡……」

歐陽薇手指緊握著，沒出聲，但她幾乎就快捏爆手中的手機。

「薇薇，秦苒想知道什麼，妳跟她好好說！」歐陽家主的臉色微微發白，「巨鱷不是好惹的啊，難怪大隊那邊不敢管……」

「閉嘴，怎麼可能是他！」歐陽薇冷喝一聲。

＊

與此同時，常寧這邊，巨鱷正坐在沙發上，把手機關了隨手扔到一旁，拿來一罐啤酒喝下大半。

常寧瞥他一眼，「廣告？」

巨鱷表情一如既往的沒什麼變化：「不知道。」

沒顯示名稱的，一律當作廣告處理。

主要是渣龍陷害他的次數太多了，巨鱷還找秦苒幫他整理過手機軟體。

「孤狼那邊的情況怎麼樣？」因為秦苒沒來，常寧也沒帶他們去黑街地下酒吧之類的娛樂場所，只在自己家裡開了一箱啤酒，「要幫忙嗎？」

「她那邊的情況還不清楚，青林已經回去了。」巨鱷隨意擺手，再度喝了一口酒，看向對面坐著的何晨，微微抬眼：「妳看起來有點心事，我記得妳家族沒有陷入京城這場戰爭吧？」

「沒。」何晨靠著沙發背，淡淡抬眸，「我在想離婚的事情。」

「咳咳……」
「咳！」
這話一出，巨鱷跟常寧兩個非常正經的人都嗆到了。
半晌，常寧抽了一張面紙擦擦嘴角，他看向何晨，抿唇，匪夷所思地說：
「妳……結婚了？」
這是什麼時候的驚天祕聞？
「好兄弟，妳都不說的嗎？」巨鱷放下啤酒，不由得驚訝地看向何晨。
「是協議結婚，有點原因，時間要到了。」何晨翹著二郎腿，把啤酒罐捏扁，瞥兩人一眼，「別激動。」
「好吧。」常寧點點頭，他故作淡定地低頭喝啤酒，眼神卻還是忍不住看向何晨。
「靠。」何晨把啤酒喝完，把罐子往常寧那裡砸，「看什麼看？」
她懶得理這兩個人，接著想起某件事，坐直身體，拿起手機，傳了則訊息給秦苒。
『美洲拳擊場，妳露出馬腳了。』
傳完這則訊息，何晨又拿了罐新的啤酒，單手拉開拉環，一邊看著微信一邊喝著。
一二九的五個元老中，何晨是酒桶。
微信上，瞿子簫問了她一句，何晨瞥了一眼，直接忽略，沒回，她在等秦苒的電話。

第七章　直接闖入

果然，沒過兩分鐘，何晨手裡的手機就響了。

她低頭看了眼，正是秦苒。

何晨接起電話，她本來想往沙發背上靠，又想起什麼，看了對面的兩個男人一眼，頓了一下後站起身，走到陽臺上並關上陽臺門。

『晨姊。』手機那邊，秦苒站在別墅二樓，程木替她收拾好的房間裡。

房內的燈沒開，秦苒站在落地窗外，看著樓下程雋的車緩緩開進來。

何晨比秦苒大六歲，在何晨的強烈要求下，秦苒都叫她晨姊。

「我得到的消息不多。」那邊的何晨趴在陽臺上，「但因為跟妳有關，我查案子的時候，順便查了一下，美洲地下聯盟？」

聽到這一句，秦苒就知道何晨得到的消息不會有錯。

只是她頓了半晌，才緩緩點頭，『沒錯。』

「那就沒查錯。」何晨笑了笑，「小妹妹，小心點，資料也得清乾淨點，嘖，真沒想到啊。」

『還有痕跡？』秦苒擰眉。

何晨搖頭，「不清楚，不過應該還有妳的心腹吧？」

聽到這一句，秦苒沒出聲。

何晨等了好久，都沒有聽到秦苒的回答，就不問了。秦苒身上牽扯到的東西太多，多到何晨都不想去查，「好吧，不過我想提醒妳，京城最近發生的事，未嘗不是有人想要逼迫妳。」

『我知道了。』秦苒一雙黑漆漆的眼睛看著樓下。

樓下的程雋也在打電話，似乎感覺到有人看他，他微微抬頭，朝窗戶這邊看過來，頓了一下，然後掛斷電話往樓上走。

「知道就好。」何晨知道秦苒一向有自己的想法，「我就提醒妳一下，最近京城有什麼事交給巨鱷，常寧老大應該跟妳打過招呼了吧？」

『嗯。』秦苒點點頭。

兩人說了幾句，就掛斷電話。

秦苒剛掛斷電話，就聽到了不輕不重的三道敲門聲。

不急不緩地，秦苒沒轉身，只依舊站在落地窗外，「沒鎖。」

程雋等到她回應才推門進來。

「剛剛……徐管家的話，全都聽到了？」他站在她身側，也沒開燈，就著外面不怎麼明顯的燈光看著她。

秦苒只點了點頭，沒說話，臉上連表情都沒有。

她一開始是謹遵陳淑蘭的吩咐，不答應徐校長。

但這幾年，徐校長對她僅次於魏大師。

徐世影在她心裡的分量很重。

直到現在，即使知道徐世影心裡有九成在求死，秦苒也不敢相信，明明前幾天還信誓旦旦要護著她、護著程雋的人，現在怎麼就冰冷冷地躺在床上了。

「徐老他就是這樣的人。」程雋嘆息一聲，伸手把人抱住，看著外面的燈光，「從他把妳認定為唯一繼承人的那時起，妳就該知道他是一個多麼清高自傲的人，他知道了當初妳外公離開京城的真相……他、他是去找妳外公外婆了。」

知道徐家的崛起是靠什麼後，徐世影只能這樣做。

「我有點不能原諒他什麼都不說。」秦苒從知道徐世影死的時候都沒哭，這時候卻忍不住了，她苦笑，「更原諒不了我自己……」

若不是她專注於秦家的事，若不是專注於找自己外公死亡的原因，至少會發現徐家有一點不對勁，至少能阻止徐校長！

「妳阻止不了他。」程雋鬆開手，雙手按著秦苒的肩膀，低頭，語氣前所未有的認真嚴肅，「徐老的風骨多傲，妳不知道嗎？他以前看不慣方震博的作風，但徐家人當初比方震博更加噁心。徐老的死是道歉，也是明志，這對他來說是一種解脫。他跟妳外婆不一樣，妳外婆當初是放心不下妳。」

程雋還有一句話沒說。

徐老的死，歉意是一回事，可是……他同時也在刺激秦苒。

很明顯，徐老的目的達到了。

程雋抿唇，看向門外，眸色冷沉，若是早知道徐世影有這麼多心思，他怎麼樣也不會讓秦苒去拜師！

＊

徐老離世的消息很快就在京城炸開，葬禮是徐管家跟徐搖光兩人舉辦的。

先是程老爺，再是徐老，這一切如同當初的秦家。京城的老家族都記得，當初秦家覆滅，就是因為秦家老爺原因不明地死亡，才讓歐陽家族後來居上。

而徐老的死，又為京城的人敲響了一個警鐘。

與此同時，京城金融中心高層的辦公室內，黑衣男人敲門，恭敬地進去。

「先生，歐陽小姐她……」

「什麼？」明海微微轉身，看向黑衣男人。

第七章　直接闖入

黑衣男人單膝跪地，「歐陽小姐她被秦苒抓走兩天了，而且……我們進去尋找的人，都消失得無影無蹤！」

「秦苒？」明海把茶杯放下，挑起眉：「我還真小看她了？」

黑衣男人不敢說話。

明海手指敲著茶杯，忽然笑了笑，聲音平淡。

「好，我親自去看看她到底有什麼三頭六臂。」

「您要親自見她？那不過就是秦家的餘孽。」手下一愣：「完全沒必要。」

京城四大家族在明海這行人眼裡，確實不算什麼，所以那天歐陽薇半點也不著急。

「無妨，我倒要看看。」明海一陣冷笑：「我那兒子到底在想什麼。」

黑衣手下看明海似乎十分堅定，也不再勸說，只略微頷首。

第八章　交鋒

翌日，徐家──

「少爺，您真的不應該回來。」徐家幾位長老看著徐搖光，不由得嘆息。

徐家大部分的人都被遣散去了美洲，如今留下的不過是中堅力量，這一次徐家也元氣大傷。

徐搖光只跪在牌位前，不說話。

「幾位長老，接下來的事情還要麻煩你們。」徐管家朝幾位長老拱手，「這一次我們徐家也步入秦家的後塵，打我們主意的人不少，葬禮流程需要好好注意，別讓人有機可趁。」

尤其是歐陽家這一類的家族，還有不少想要把四大家族踩在腳底的一流家族。這一次對徐家來說，是一次前所未有的浩劫，所有人都憂心忡忡。

「秦小姐。」就在一行人說話的時候，外面護衛揚聲道。

大廳內的管家跟幾位長老負責人連忙止住話，朝外面看去，聽到步伐的聲音。

秦苒第一個進來，在身後一步遠的距離跟了一個年輕人。

「秦小姐，這位是……」徐管家看向那年輕人，認出這不是程木，而是昨晚在醫院看到的那人。

「青林。」秦苒偏頭，對徐管家介紹，「從今天開始，由他負責徐家前後的安危，徐管家，你們有事直接吩咐他。」

「徐管家。」青林朝徐管家拱手：「把我們當保鏢就好！」

說著，他揮了揮手，從院子門外走進一行人，都是穿著黑色衣服的鐵血青年，身上別著白色的花，訓練有素地站成了兩排。

國際訓練營出來的特種兵基本上也差不多是這個等級。

秦苒越過徐管家，跪在靈位的另一邊，恭恭敬敬地磕了三個頭。

「徐管家，這些人……」幾位長老張了張嘴，看向徐管家，「這些人是誰？看起來不像是普通人……」

「我也不清楚。」徐管家頓了頓，「好像是秦小姐的朋友。」

秦苒沒有具體介紹，只說了青林的名字。

青林？徐管家跟幾位長老都非常陌生，沒有聽說過。

秦苒在徐家待了兩個小時，徐搖光從昨天到今天狀態都不太好，秦苒幫忙處理了一些瑣事，才從徐家離開。

門外，程木坐在車內等她。

秦苒還沒走到停車場，就有一個黑衣人攔住了她。
「秦小姐，我們老爺想找你聊聊。」
「滾。」秦苒的聲音很冷。
她最近幾天都沒有睡好，眼底蘊涵著血氣，又邪又冷，抬頭的時候，眸底的銳氣幾乎化成刀子。
黑衣男人不由自主地往後退了一步，他完全沒有想到秦苒會是這個態度。
秦苒直接越過他離開。
黑衣男人被震懾了半晌，才開口，「我們老爺，是明海先生。」
秦苒的腳步猛然停住，她抬起頭。

*

十分鐘後，幾條街外的咖啡廳——
這間咖啡廳坐落的位置繁華，卻沒有任何一個客人，十分安靜。
程木將車停好，隨意抬頭：「秦小姐，您要去見朋友？」
「嗯。」秦苒淡聲道。

程木難免有些好奇，他先停下車，沒立刻進去，只是停車的時候，朝咖啡廳的方向看了一眼。

一眼就看到了坐在窗邊的中年男人，程木不禁變了臉色，他坐直身體，立刻傳了一則訊息給程雋。

秦苒伸手拉了下外套，也看到了在窗邊坐著的中年男人。

她直接走過去，拉開他對面的椅子坐下，有些隨意不羈，眉眼上有著不怎麼明顯的狠勁。

程木迅速停好車，用最快的速度跟上去，幾乎是秦苒剛落座就站到她身後。

「你找我？」秦苒往椅背上靠，抬眸看向明海。

明海從她一進來就開始打量她。

坐姿隨意，舉止不雅，一股市井流氓的姿態，他下意識地皺了眉。

「秦苒是吧。」

秦苒有些不耐煩了，聲音又冷又燥，「別廢話。」

她按著眉心，已經很久沒有出現這個症狀了。

「是妳帶人抓了歐陽薇？」明海端起咖啡，喝了一口，聲音平穩地開口。

他若有所思地看向程木，程木這個樣子……對秦苒太恭敬了。

秦苒就猜到明海是為了這件事，她一點也不意外，只是提起這個，她臉上就覆了層寒霜。

「我已經讓人去程雋的別墅了，大概再過兩個小時，歐陽薇就能安然無恙地出來，就算妳知道徐世影的死跟她有一點關係又如何，妳不敢動她。」明海看著秦苒，微笑著開口。

聽完，秦苒還沒什麼動靜，程木臉上倒是出現了慍怒。

明海看著程木的臉色，不由得笑：「何必生氣，你們應該早就能預料到。」

程木連忙看向秦苒，「秦小姐，妳……」

他原本以為秦苒會生氣，卻沒想到秦苒笑了，她將手放在桌子上。

「明先生，我想您還沒有收到歐陽薇她現在在哪裡的消息吧，嗯？」

明海出乎意料，他看著眼前的白瓷杯子，再抬頭看著秦苒的，嘴邊揚起的笑容逐漸斂下。

秦苒這句話……

是一二九名下的刑偵工作室嗎？

一二九在刑偵界不是歇業許久了？

「看看歐陽家現在是什麼情況。」

明海抿了抿唇，他心裡有點不確定，秦苒跟程雋的情況他知曉了七七八八，雲光財團跟美州物理界那邊都有往來。

明海的心腹不用明海去說，已經讓人去連絡歐陽薇了。

歐陽薇昨天是篤定秦苒不敢動自己，所以沒有立刻連絡明海，畢竟被自己向來不放在眼裡的秦苒抓住了，這對歐陽薇來說無異於恥辱。直到感覺情勢不妙，歐陽薇才決定連絡明海。

明海的心腹打完電話，一張沒有表情的臉上也變了色。

明海注意到心腹的表情，不由得抬眸，抿唇：「出問題了？」

心腹抬頭，臉上有些驚訝，「歐陽小姐因為涉嫌謀殺罪，被扣押在刑偵大隊……」

對面的秦苒毫不意外地聽到這個回答，她右手按著桌子，直接站起來。

拿起自己一直沒動過的咖啡杯，朝明海舉了舉後喝了一口，臉上沒有什麼笑意，一如以往的冷淡，就連聲音也很淡然。

「感謝招待。」

隨著她的聲音，杯子「啪」的一聲被她放到桌子上。

杯子是瓷白色的，裡面的咖啡還剩下一點，濃香的褐色咖啡在杯子裡面晃盪。

除非特定的人，在秦修塵、陳淑蘭還有幾位老師面前，秦苒會收斂一點。

不過現在能讓她收斂的人越來越少，她向來也囂張慣了，明海想要在她面前裝腔作勢壓制她，只能說選錯了對象。

「走。」

秦苒看了程木一眼，徑直轉身離開，素色風衣隨著她轉身，劃出一道弧度，容色冷酷，動作乾脆俐落。

程木一愣，還沒反應過來，但下意識地跟著她走了。

咖啡廳本來就被明海包場了，所以沒什麼人，讓此時氣氛更冷。明海的四名手下還在大門口，分兩邊站著。

秦苒剛進咖啡廳，就看到程雋挾裹著一身寒氣走進來。

她腳步停了一下，抬頭看他。

「先去車上等我。」程雋的一雙眼睛漆黑深邃，寒意凜冽，只在看到秦苒的時候稍微融化了些許。

「你要進去？」秦苒抬頭，詢問地看了一下程雋。

程雋表情淡漠地看了眼咖啡廳，頓了一下才道：「妳等我兩分鐘。」

「好。」秦苒頷首。

「這是歐陽薇交代出來的事，我剛剛去了郝隊那裡一趟。」程雋把手裡的密封文件遞給秦苒，「妳先看看，我馬上回來。」

秦苒點頭，隨意地朝他揮了揮手。

咖啡廳窗邊的座位上，明海面色深沉，看到程雋過來，一點也不驚訝。

他只若有所思地看著程雋：「這麼著急？看來這個秦苒對你確實有很大的影響力。」

明海笑了笑，人，就怕沒有缺點。

「以後不要找她。」程雋沒有坐下，也沒有糾結明海嘴裡的深意。

只有些居高臨下地看著明海。

「那你也得防住我。」明海笑道，半晌，他瞇起眼，「你們把歐陽薇怎麼了？兒子，我倒是小看你了，不過……」

明海說到這裡笑了笑，手裡拿出一根菸，「你們是有點手段，但你身邊那個姑娘太過自負了，程雋，你說我今天會讓她離開嗎？」

程雋這麼好的軟肋，明海不抓住，不像他狠辣的作風。

明海朝心腹看了一眼，心腹連忙連頭，他按了一下耳邊的藍牙耳機，「抓住她！」

咖啡館門口有明海的人。

喀嚓——

明海打開打火機，點起一根菸，這才抬頭看向程雋，嘴邊掛著一絲漫不經心的笑。

卻發現程雋臉上沒有絲毫驚慌之色，只面色淡定地看向門外。

明海一愣，這反應不像是程雋的態度，他下意識順著程雋的目光看著咖啡館門外。

不遠處，秦苒跟程木正往門外走。

口袋裡的手機震了兩下，她拿出來看了一眼，是何晨的電話，她隨手接起來。

門外站著四個明海的得力保鏢，沒有明海的吩咐，他的手下自然不會放秦苒離開，剛伸手想要攔住秦苒。

秦苒抬起頭，她剛接起電話，跟何晨打了聲招呼，就看到四個人攔住她。因此她將手機一握，似笑非笑地說：「確定要攔我？」

四名手下瞇眼看著秦苒，沒讓開，「秦小姐，請留步。」

秦苒點點頭。

她對手機那邊的何晨說了一句，「等我一分鐘。」

那邊何晨把手中的攝影機放下，她聽到秦苒這邊的聲音，不由得挑眉。

『沒事吧？』

「沒事。」秦苒淡淡開口。

『好，妳先把手邊的事忙完。』何晨拿著手機，也沒掛斷。

秦苒抬頭，她把手機隨手丟給程木。

程木非常了解地拿好手機，往旁邊退了兩步。

咖啡廳很大，門口範圍也很寬廣。

秦苒把風衣的釦子一個個扣上，很平靜地看向面前的四人，一點一點收起臉上的漫不經心，她抬了抬手：「一起上吧。」

一分鐘後。

明海的四個保鏢四散著躺在地上，秦苒還站在原地，低頭把袖子一點一點放下。

上午的陽光不算大，映照在她精緻的臉上，周身冷酷的氣息更加懾人。

「秦小姐。」程木平靜無波地走過來，把手機交還給秦苒。

秦苒一邊接電話，一邊往街口的方向走，跟何晨講電話。

程木在原地停了一會兒，低頭面無表情地欣賞了一下這四個保鏢的現狀，才搖了搖頭。

咖啡廳內，程雋收回目光，他看向明海，淡淡開口。

「你是沒有收到消息嗎？用四個保鏢就想要留住她？」說完，程雋朝明海拱了拱手，「不要動她。」

他輕飄飄地說完這一句，直接轉身離開。

身後，明海的臉色漸漸沉下來。

「主子，這秦苒有點怪……」身側的心腹看了外面躺著的四個人一眼，面色不變。

他們這次來京城，帶的都是得力幹將，這四個保鏢就算是他也打不過。

秦苒這麼簡單就打敗了……心腹的面色不斷變化。

別說是他，就算是明海，也不禁瞇眼。
「幫我連絡一下楊先生……」

＊

車內，秦苒坐在副駕駛座上，一邊戴上耳機跟何晨說話，一邊翻著程雋給她的資料。
「歐陽薇我準備放到妳那邊。」秦苒冷靜地開口。
手機那頭的何晨挑眉：『妳確定？』
這小丫頭有點狠啊。
秦苒的聲音很淡：「確定。」
『好，我發一封公函給妳。對了，雲城那邊我幫妳盯著了。』何晨那邊在開車，她笑了笑：『最近也不太平，妳讓我盯著的沐家我有盯著，不過還是接到京城吧，雲城隔得遠，鞭長莫及。』
聽到何晨這一句，秦苒翻著文件的手一頓，「我再想想。」
沐楠好說，但是寧薇那邊……秦苒不確定她會不會來京城。
秦苒掛斷了跟何晨的通話，思考了一下這個問題，才繼續翻著文件。

昨天晚上秦苒離開後，就再也沒有人去找歐陽薇。歐陽薇心裡也撐不下去了，交代出徐校長的事情。

跟徐管家說的沒什麼兩樣，確實是歐陽薇對徐校長說出了當年的實情。

歐陽薇知道的內情顯然比徐校長多。

當年寧邇天縱之才，他在隕石坑研究出好幾個專利發明，本來他可以靠這些在京城跟美洲闖出一條路，但是好幾方勢力在背後搞了一波動作，方震博在寧邇的一場實驗中動了手腳，害寧邇的身體也遭受輻射。

在諸多家族逼迫寧邇的時候，徐家都沒有出手相助。牆倒眾人推，人人都想要寧邇手裡研究出來的東西，但寧邇最後即使退出了京城，他們拿到的也只是物理實驗室地下三層的半成品。

後來的事情秦苒也推算到了。

寧邇跟陳淑蘭回寧海鎮隱姓埋名地生活，但沒有停止研究。再後來，寧海鎮的實驗室發生特大爆炸案，好幾個研究員死亡。

這一連串事件牽扯到無數條生命，跟徐家確實有些關係。

秦苒面色毫無波瀾地看完，已經聽徐管家講過一遍了，此時再看到這些文字，她沒有那麼震驚。

她也不能說徐家做的不對。
畢竟那個時候徐家就算幫忙也無濟於事，但……徐校長處處為她謀劃也是真的。
秦苒閉上眼。她沒有想到徐校長的性格這麼極端，寧可死也不願意對她說出實情。
車停在郝隊所在的大隊。
程雋下車，走到副駕駛座開了車門，「先下車，徐家怎麼樣了？」
秦苒把卷宗握起，「我讓人去了徐家，能鎮住場面。」
「那就好。」程雋點頭，跟秦苒一起往屋內走，「妳小姨那邊怎麼辦？」
他在車上也聽到了她跟何晨的對話。
「我回去問問我小姨。」秦苒面色冷靜，「不然我親自回去找她。」
寧薇要是不來京城，她是真放不下心。
「程姊姊那邊沒事吧？」秦苒轉而詢問他程溫如的事。
她記得程家預備選舉家主，遇到徐老爺這件事，程家肯定要暫且停下……畢竟，眼下京城頂端家族的人都知道再不團結，四大家族只能成為歷史了。
「那邊再看情況。」程雋搖頭，他伸手推開門，直接進了辦公室。
辦公室內，程水跟郝隊都在。
「老大，秦小姐。」一行人正在開會，看到秦苒跟程雋進來，連忙站起來，大隊裡的

第八章　交鋒

一行人看到秦苒多少都有些拘束。

「遇到難題了？」程雋看了他們一眼。

郝隊把文件闔上，搖頭，「通緝令無法執行，國內……」

他皺眉。

有明海施壓，就算暫押了歐陽薇也無濟於事，京城的局勢該亂的還是會亂。

秦苒坐到郝隊對面，她抬頭，「不用，我有其他去處。」

秦苒一邊說一邊看手機。

手機上，何晨的公函還沒傳來，她那邊調動公函跟人手還需要一段時間。

沒有收到消息，秦苒沒有立刻回，只搖頭，「再等等，先帶我去看歐陽薇。」

「哪裡？」郝隊一愣。

郝隊直接轉身，讓人帶秦苒去看歐陽薇。

等秦苒離開，辦公室內，郝隊的這些手下才鬆了一口氣。

「雋爺，徐老的死你有頭緒了嗎？我總覺得還有其他勢力在擾亂情勢。」郝隊轉身，看向程雋，「你這次要歸隊嗎……」

「嗯。」程雋低頭翻了翻卷宗，手指敲著桌子，一下又一下的，認真又嚴肅。

這次要是沒有程雋，歐陽薇也不會交代得這麼快。

程雋查到的資料很多，都是關於歐陽薇的，她大部分都是國際犯案，國內確實拿她沒辦法。

但徐老這邊，也沒有什麼證據。

「先去看看她說什麼。」程雋闔上資料。

郝隊點頭，帶著程雋去關押歐陽薇的地方。

秦苒正在裡面跟歐陽薇說話，透過監控室，能清楚聽到兩人的對話。

房間內，歐陽薇的面容有些許崩潰，卻還維持著優雅的坐姿，只看著秦苒，笑了一下，似乎還挺開心的。

『徐老的死，我確實沒想到。』

秦苒一雙黑漆漆的眼睛看著她。

『我該交代的都已經交代了。』經過起初的驚慌，歐陽薇已經恢復淡然了，她閉上眼淡淡地說，『你們可以起訴我，當然，妳也可以打我，這裡有監視器。』

「老大。」程水放下手裡的資料，若有所思，「歐陽薇跟徐老的死可能只有間接關係，另有他人，所以她才不怕，全盤托出。」

「這女人！」郝隊身側的手下猛地捶著桌子，咬牙切齒，「分明就知道自己不會出多大的事，頂多名譽受損！」

最多以嫌疑人的身分關押一段時間，至於歐陽薇的其他罪證，國內不會受理。

這就是郝隊剛剛說拿她沒有辦法的原因。

歐陽薇這種人，怎麼可能會不給自己留下後路，有明海在，歐陽薇就算被關押了，以明海對歐陽薇的看重程度，也會動用勢力去救她。

「其實有一個地方可以……」郝隊倒是想起了一個地方。

程水看向郝隊，搖了搖頭，「你說邊界的國際重型監獄？那裡面都是窮極惡之徒……程土跟巨鱷交易的時候，還特地去過一次，裡面銅牆鐵壁的，他連大門都沒辦法進去。」

在場的人，都聽說過那個地方。

成立二十八年，沒有犯人逃脫過，對於這個國際監獄的存在，還真沒人知道它的歷史，特別神祕。不過能在戰亂中安然存在，顯然也不簡單。

程雋微微頷首，他拿出手機，指尖敲了幾下，然後連絡程土。

程水看向郝隊，又開口：「麻煩你等等刪一下監視器的紀錄。」

監視器畫面前的一行人，包括程水都覺得秦苒真的會動手打歐陽薇。

秦苒這火爆的脾氣也不是一天兩天了。

郝隊點頭，「好。」

一行人說完，卻發現畫面上的秦苒沒有任何行動，她只拍了拍衣袖，問完自己想知道的事情後，直接起身，離開了審訊室。

監控室內的一行人面面相覷。

程雋拿著卷宗，往門外走，正好看到也從對面出來的秦苒。

「秦小姐，您別跟她那種人生氣……」程水看向秦苒，他推了推眼鏡，安慰了一句。

秦苒把玩著手機，翻了翻信箱，還是沒消息。

她搖頭：「不生氣。我先去徐家。」

雖然還有幾個黑手沒查出來，但徐老死亡的具體原因，秦苒還是要跟徐管家、徐搖光說一聲，還有寧薇的事情。

目前秦苒也不知道雲城是什麼情況，不把寧薇跟沐楠接到京城，她不放心。

*

翌日，程雋把車停在徐家大門口。

徐老葬禮今天舉行，今天來徐家的人很多。

秦苒下了車，停在徐家門前沒有進去。程雋陪她一起站在徐家大門前。

半晌，秦苒手裡的手機終於響了一聲。

她低頭看了看，手機頂端出現了一條新郵件的通知，是何晨傳的。秦苒手頓了一下，她點開看了一眼，是公函的通知。

她低頭點開通訊錄，找到郝隊的電話，打過去。

『秦小姐？』手機那頭的郝隊有些意外。

秦苒輕聲開口，「把歐陽薇送到國際監獄。」

這對郝隊來說是一件幾乎不可能做到的事情，他頓了下，才苦笑著開口。

『秦小姐，我們能拘留她，但……』

「公函已經有了。」秦苒抬頭看著頭頂不算明媚的陽光，「我傳給你。」

她說完，掛斷電話，把何晨的公函傳過去。

傳完這則訊息，秦苒才關上手機，一步一步往徐家大門口走。

電話另一邊，郝隊還坐在辦公桌前，擺手讓手下先把資料放下，點開秦苒傳來的檔案。

是一份公函。

逮捕令：

二〇╳九年公捕第一九六號

……

此令！

邊境重型監獄

何晨

實際上歐陽薇現在的作為對郝隊來說有點像在耍賴。京城跟國內的形勢都偏向於歐陽薇，各項法規對歐陽薇來說都不痛不癢。

秦苒跟程雋都動用了人脈，但形勢、政策如此，就算是郝隊也沒辦法。

「隊長，我去調資料。」郝隊的手下把文件放下，看向郝隊，「我要過去程土先生那邊一趟。」

他說完，郝隊卻沒動。

「隊長？」手下又叫了一聲。

郝隊猛地抬頭看了手下一眼，卻沒說話，而是直接打通秦苒的視訊電話。

秦苒這個時候已經站在靈堂前，來往的人多，她站在徐家眾人的中央，安靜地看著徐老的黑白相片。

沉默許久，才接起郝隊的電話。

畫面中，郝隊回憶著自己剛剛看到的文件，心跳很快。

『秦小姐，妳剛剛傳給我的是……邊界重型監獄的逮捕令？』

「嗯。」秦苒看著靈位，沒有收回目光。

『妳是怎麼拿到這份公函的？』郝隊是軍校出身，對法律這方面也非常了解，很清楚他們跟邊界重型監獄沒什麼連繫，倒是國際上有很多連繫，那裡面關著的都是國際要犯。銅牆鐵壁，滴水不漏，成立二十八年，還從未發生過逃逸事件。

「具體情況再說。」秦苒目光陰沉，「大概還有半天時間，那邊會有人過來交接，你派幾個人跟他們一路跟過去就好。」

『我知道。』郝隊點點頭，頓了一下才又問道：『那……我們大隊可不可以跟他們簽個合約？平常抓捕那些跨境逃犯太難了。』

以前遇到這種情況有程雋在，現在程雋退出刑偵隊，郝隊越來越難辦事了。好不容易有了個關係戶，郝隊不想放過。

「我到時候幫你問問。」秦苒淡淡地回。

『謝謝秦小姐！』郝隊連聲驚喜地說。

秦苒掛斷電話。

與此同時，身側的程雋也收到一則訊息，他看了一眼訊息內容，頓了一下，才看向秦苒那邊。

「小徐少，節哀。」不遠處，前來弔唁的人絡繹不絕。

徐搖光從最初的崩潰，如今過了幾天，已經越來越穩定了。

陸照影跟江東葉拜過徐校長才往後退了一步，在人群裡尋找秦苒跟程雋，但是找到人了也沒有上前去打擾秦苒。

陸母也沉默著去拜完徐校長，不敢直視徐家周圍的黑衣保鏢。

「徐家這些都是什麼人？」陸母收回目光，她壓低聲音，若有所思地說。

陸母問的是陸照影。

京城裡有不少人都知道陸照影跟秦苒很熟。

此刻聽到陸母跟陸照影之間的對話，都看了過來。

之前所有人都以為程雋落馬後，他的生活一定大不如前，多的是人來打壓他，誰知道他現在還活得好好的。

至於秦苒跟秦家，不僅沒有被搞死，秦漢秋這一脈人還直接拿回了主導權。

徐世影這件事發生得很突然，徐家內部不乏倒戈的人。

可今天一來，兩排站著的黑衣人讓人驚駭，找遍四大家族的人，也很難找到類似氣勢的人。

陸照影最近這段時間沒什麼關注四大家族的事情，跟秦苒有些脫節。

他搖頭，沒說話。

倒是身邊的江東葉若有所思地開口。

「不像是雋爺的手下，倒像是秦小姐朋友那邊的人……」

江東葉見過程水等人，那個莊園的人跟面前這一行人的氣勢相差太多。

說完一番話，旁邊幾個家族的人面面相覷，不敢再說話。

這下……

京城真的有意思了。

＊

秦家——

秦四爺現在已經不是秦家的第一股東，他沒去徐老那裡，由秦漢秋去。

此時的他站在書房內走來走去。

他心機很深，對京城的局勢能猜到一點，對於歐陽薇那邊他也有所預料。

畢竟他也是歐陽薇的一把手，歐陽薇很多事不會瞞著他。

「四爺，您別真的怕了秦漢秋、秦苒他們，」停在中央的幾個手下看向秦四爺，凝眸，「越是這個時候，越要向歐陽小姐表示忠心，你現在避而不見，白白把機會讓給了秦苒跟秦漢秋！我們好不容易贏回來的局面全被打亂了，這樣以後歐陽小姐要怎麼信任您？」

誰都知道，沒有歐陽家，秦四爺這分支是不可能扳倒嫡系一脈的。

「是啊，秦四爺……」其餘的人紛紛開口。

他們都知道歐陽薇的身分，撇開歐陽家不談，歐陽薇最重要的是她背後的勢力，還有一二九的人脈。

秦四爺看了說話的幾人一眼，搖頭。

眼下徐家發生的事雖然複雜，但他也能猜到，徐家此次出事肯定跟歐陽薇有點關係。

但……要他再跟秦苒對上，他是真的不敢了。

秦四爺的腳步頓住，「再等等。」

「還等什麼？」幾個手下匆忙開口，「您又不是不知道歐陽小姐背後是誰，你看徐家就知道得罪她的下場……」

就是這時候，門外有人敲門。

秦四爺看向門外，「進來！」

門外是他的心腹。

「四爺，」心腹一進來，直接單膝跪地，震驚地開口，「歐陽小姐被抓到邊界重型監獄了！」

這句話一出，辦公室內還要說話的幾個手下聲音紛紛頓住。

連秦四爺自己都沒想到，他抿唇，看向心腹，「消息來源可靠嗎？」

上次秦氏發生的內戰只有ＩＴ界跟幾個家族注意，京城大部分的目光都被程家發生的事情吸引了。

大多數家族只接到了秦漢秋這一脈的消息，對於具體過程跟商業機密不清楚，但秦四爺卻異常關注。

他是做這一行的，更知道要能讓雲光彩團和核心內部的人出手，徐家根本就做不到，所以在這之後，他徹底蟄伏了，不再幫歐陽薇做事。

「我親自在大隊那裡盯著的，」心腹點頭，他深吸一口氣，「眼下已經在軍事機場登機了。」

眼下聽著心腹的回覆，秦四爺沒有太意外。

他只轉身看向書房內的幾個手下，「你們現在知道我為什麼不去找歐陽小姐了？以秦苒跟秦漢秋的傲氣，不可能會同意讓徐家或者程溫如幫忙。」

這兩個人都十分傲氣，所以，無論是雲光財團還是其他人，那些人脈只能、也只會是秦苒的。

秦修塵要是有這個人脈，也不會到現在才放出來。

在這方面跟秦苒鬥，無異於以卵擊石。

幾個手下頓時沒了聲音，一行人面面相覷，半晌，其中一人才茫然開口。

「秦苒到底跟他們有什麼關係？四爺，嫡系這一脈算是復出了嗎……」

「可能吧。」秦四爺看向窗外，想起秦老爺，「畢竟是秦老爺的血脈，秦家，可能真的要復出了……你們聽好，」秦四爺也是個當機立斷的人，直接抬頭，「從今天開始，誰都不要去招惹秦漢秋，我會跟他修復關係，至於歐陽家那邊，我們保持距離！如果秦苒他們願意放過我，那更好！」

＊

京城金融中心總部——

明海坐在辦公室的老闆椅上，背對著門抽菸。

門被敲了三聲。

他撣掉菸灰，「進來。」

門外，心腹進來，把歐陽薇的事情講述了一遍。

邊境重型監獄的行動神祕，秦四爺也是一直盯著歐陽家那邊才知道，他能打聽到，那自然也瞞不過明海的手下。

明海抽菸的動作一頓。

他抬頭，猛然看向心腹，「邊境重型監獄？」

辦公室的氣氛忽然下降到冰點。

心腹跪在地上，不敢抬頭。

「好。」明海一揮手，手邊的白瓷杯被他掃落，青色的茶水順著邊緣流到地毯上，「很好！」

他轉過辦公椅，沒有說話，半晌才拿出手機打了一通電話。

他打的是大隊那邊的電話，詢問歐陽薇的事情。

對面只恭敬地回答了一句，『抱歉先生，這件事已經歸屬邊境那邊管，我們插不了手。』

明海一臉陰沉。

辦公室內，心腹連大氣也不敢喘。

明海「啪」地一聲把電話掛斷，看向心腹，「現在情況怎麼樣了？」

「邊境重型監獄那邊您也知道，只要進去就不能出來，除非有那邊的人，但我們的勢力大部分在亞洲……」心腹聲音壓低。

明海在這方面確實沒什麼人脈，所以才讓歐陽薇去連絡一二九。歐陽薇是他計畫中重要的一部分，更是他花了很大的代價才培養出來的，絕對不能出事。

明海看著窗外，過了一會兒後平復心情，他拿著手機，終於撥通了秦苒的電話。

電話那邊的秦苒一向冷淡，『喂？』

「秦苒，妳應該知道我是誰。」明海聲音頓了頓，「也應該知道我找妳是為了什麼事。」

『你說。』秦苒站在大門口，跟著徐搖光等人的腳步。

話說到這個份上，都知道明海是什麼意思，卻沒想到秦苒什麼也不回，明海陰沉著臉，聲音卻還是一如既往，「歐陽薇，我希望你放了她。」

聽到這一句，秦苒的腳步頓了頓，看著來往的人群，輕聲道：『作夢。』

沒再給明海說話的機會，秦苒直接掛斷了電話。

啪——

明海把手機扔到桌子上，一雙眼睛黑得深沉，「我還真是小看了我那個兒子！小看了秦苒！好，很好。」

真是半點面子也不留給他。

「你先下去。」他捏著菸的手發緊。

心腹應了一聲，全程都不敢抬頭，低著腦袋出去。

門喀嚓一聲被關上。

明海冷靜了片刻，他打開辦公桌上的電腦，打了一通視訊。

視訊很快就被接通。

『明海？』鏡頭那邊是一道略顯蒼老的聲音，『你找我？』

「楊老先生，」明海看向鏡頭，他坐直，先打了個招呼，才開口，「想必你也知道我找你是為了什麼事。你的義女，我希望你收回她在雲光財團的所有權限。」

雲光財團攪亂了京城的風波，無論是秦家還是歐陽薇那邊，都有雲光財團的影子。只要秦漢秋沒復出，秦家就直接被歐陽薇當作傀儡掌控了。

繼而徐家、程家也會一一落網。

至於周家……明海不在意。

明海的野心很大，他計劃了這麼多年，如今的行動，不僅是想要把四大家族一網打盡，還要改朝換代，把這些家族全變成他的傀儡。

秦苒是他這次行動中最大的變數。

『你說我的義女？』另一邊的楊老先生抬頭，搖頭笑著說：『不行，她在集團內部很重要。』

「你提條件。」明海重新點了一根菸。

聞言，楊老先生看向明海，『要能找到那份研究結果，共用。』

明海捏著菸的手發緊，「你胃口未免也太大了！」

他計劃了這麼多年，對方簡簡單單就共用？

果然無商不奸。

『那我們就達不成共識了。』楊老先生滿臉可惜地開口，他微微笑著：『當然，你還有其他什麼需要的，我可以幫忙。』

明海眸光晦澀，「你有認識重型監獄的人嗎？」

『你說華國邊界？』楊老先生頷首，『我倒是聽說過，不過交情不多，知道有幾個人跟那邊很熟。』

「誰？」

『巨鱷，還有幾個非洲的人……』楊老先生列舉了幾個人，又抬頭，『巨鱷跟馬修最熟，不過這兩個人都很難搞，巨鱷你連絡不到，馬修鐵面無私，希望你順利。』

兩人掛斷電話，明海深深地吸了一口菸。

他看著電腦，若有所思，明裡暗裡刺探了一波，雲光財團那邊跟重型監獄並沒有連絡，國內跟那邊也沒有連絡。

明海擰眸，思索秦苒跟程雋究竟有什麼通天的本事，能跟重型監獄連繫上。

明海起身，拉開辦公室的門。

「召開緊急會議。」

歐陽薇跟歐陽家是他的重要棋子，現在歐陽薇被困，他要把歐陽薇撈出來的同時，還要找人填補歐陽薇這個空缺。

會議桌旁都是高層人員，「我倒是列出了幾個能夠完美掌控的小家族。」

當初歐陽家也是名不見經傳，連京城圈子都進不去的小家族，卻在短時間內把秦家踩在腳底。

明海很享受這種成就感。

「你說。」明海抬頭看他。

「聶家、瞿家，還有一個沈家，」會議桌旁，那人笑，「再加上歐陽家，京城新的四大家族就湊齊了，還全都是我們的人。」

明海接過這份調查資料，看了一眼，「只有瞿家能看，其他兩家……」

「沈家沒什麼得力的人，市儈又巧言吝嗇，但這一家人好掌控，絕對不會背叛您。」

聽完，明海手指敲著桌子，確實好掌控，「行，你去連絡。」

＊

這幾天，明海這邊忙著撈歐陽薇，又忙著四大家族的事。

秦苒也沒休息，徐老死後，她就一直把自己的狀態維持在最緊繃的狀態，完成了好幾個研究，同時還幫忙處理徐家的事情。
這幾天都沒什麼睡，也睡不著。
她從研究院回來，把一份資料傳給徐管家，又和何晨說了一句郝隊的事情，才連絡了沐楠。
沐楠在那之後還是跳級到高三了，不過他沒有放棄物理競賽，他的年紀符合競賽的要求。
『你跟小姨來京城吧。』秦苒坐在別墅大廳內，抿唇回道。
手機那頭的沐楠放下手中的筆，往門外看了一眼，「出什麼事了嗎？」
京城這邊翻天覆地，雲城那邊的高中還是風平浪靜，至於雲城中心發生的波瀾，沐楠一個高三學子知道的也不多。
但秦苒在這麼重要的時候讓他去京城，肯定有什麼事即將發生。
『有點問題，』秦苒按著太陽穴，『你今天回家跟小姨好好聊聊，能勸她來最好，不行的話，只能我回去了。』
說得有點嚴重，沐楠垂下眼瞼，他掛斷電話。
想了一下，才出去找寧薇。
寧薇剛從外面回來，在廚房忙碌。沐楠一邊幫忙，一邊說了秦苒的事。
「京城？」寧薇切菜的手一停，她抬頭看向沐楠。

「小楠，你去吧。」

沐楠一愣，「媽？」

「我就算死，也只能跟你外婆一樣，死在雲城。」寧薇收回目光，「你記著，你外婆留給你的東西，還有我給苒苒的單子……讓她收好。」

沐楠還想說什麼，寧薇卻不再回答，把廚房門關上，讓沐楠出去。

門外，沐楠拿出手機，打了個電話給宋律庭。

＊

京城，別墅——

秦苒掛斷電話看向身側的程雋。

「程姊姊最近沒事吧？」

最近京城確實不太平，徐家的生意跟勢力也在波動。

程雋把電腦放在腿上處理事情，聞言，他垂眸，聲音挺淡的。

「沒問題，不過應該不太好。」

「秦小姐，雋爺跟程饒瀚槓上了。」對面的程木開口，「程饒瀚說老大不是程家人，不配去程家……」
程雋瞥了程木一眼，程木就閉上嘴。
不遠處的程水拿著一份文件過來，聽到程木的話，他不由得頓了一下。
敬程木是真男人，竟然還沒被雋爺弄死。
「老大。」程水把文件遞到程雋身邊，「大小姐那邊不太好，您再不管……」

與此同時，程溫如正在待客室接待聶家的接管人。
「大小姐，我們只是想要找程雋幫我們老爺看看病，順便簽下這份文件，就放行妳們被扣的貨物，」聶家接管人笑了笑，「我們雖然敬佩程老爺，但不代表我們要任由你們踩。」
這聶家，程溫如也不知道是什麼時候忽然出來的。
背後肯定有人斥資資助。
程溫如不是什麼都不懂的豪門千金，對於聶家的攻勢，她慢慢理出了一條思路，驚悚地發現程家跟徐家在走秦家的老路。
一直運送得好好的貨物，莫名在非洲遭到扣押，背後的人該有多大的勢力，能干擾非洲的事？
程老爺在世時，程家跟徐家都是這個圈子的霸主，如今兩個家族發生大動盪，有人甚至動到了程家的頭上。

這個時間，程家內部還在發生內戰。

程溫如手上拿著茶杯，就坐在聶家那人對面，聞言，她抬頭看了聶家那人一眼，沒出聲。

這份合約明顯就是要割程家跟她集團的一塊肉，這一簽，公告出去，程家的聲勢會一落千丈。

程溫如的手指在發抖。

「程大小姐，再拖下去，你們的貨物可就回不來了，好幾十億的合資案，參與的家族不在少數，拖越久……」聶家的人見程溫如不說話，再度溫和地開口。

「大小姐，先簽吧，再不簽，我們損失的只會更多。」

公司內，兩個股東在勸程溫如。

股東也覺得是割肉，但沒辦法，任他們四大家族在京城再厲害，對於非洲跟美洲依舊沒有辦法。

程溫如內心煎熬著，「你們確定能讓那批貨物安全到達嗎？」

「大小姐，妳覺得我們聶家是拿人命開玩笑？」聶家人看了程溫如一眼。

程溫如點頭，她往後靠，呼出一口氣。

撇開程家不說，這個公司她跟程雋都付出不少心力，一開始大部分決策都是程雋一點一點教她的。

眼下那批貨是醫學實驗室的器械跟大批醫療物資，全國上下好幾萬病人等著救命，程溫如的心在滴血。

「其他我都能答應，但讓我三弟出診，不可能。」程溫如抬頭，「你們應該知道他的要求。」

沒有辦法，程家掌管著全國的醫療組織，為了這批貨物只能向聶家低頭。

程溫如聯想到很多事，在這之後京城會一直盛傳程家沒有老爺不行了，會和秦家一樣被其他家族取代。

她很清楚，這可能只是一個開始。

其他的她能退讓，唯獨程雋這邊，程溫如半點都不能退讓。

聞言，聶家人抬了抬下巴，諷刺地開口，「大小姐，我早就聽說你們姊弟感情好，現在看來確實如此，不過就讓程雋幫我們家主看看病而已，這麼小的條件想必他一定不會拒絕。」

京城現在想要踩程雋，想要看程雋笑話的人太多了，這個附加條件本來就是聶家人想要看看向來高高在上的程家太子低頭的樣子。

「你們別太過分！」程溫如猛然抬頭，眸色如冰。

「大小姐，看來你們是不想合作？」聶家人絲毫不慌，只諷刺地看向程溫如。

「程溫如。」程溫如身側的程饒瀚一拍桌子，怒聲開口，「程家養了他這麼多年，讓他去幫聶家主看病這點小事，他也辦不到嗎？」

說完，程饒瀚又看向聶家人，放輕聲音說：「聶先生，這件事我一定會親自跟他說。」

「不可能，公章在我手裡。」程溫如搖頭。

聶家接管人微笑的表情終於變了，臉色沉下來，「看來大小姐不願意合作，非洲的貨物你們也不想要了。還有，程溫如，叫妳一聲大小姐是給妳面子，沒叫人去抓程雋讓他幫我們老爺看病，也是看在妳的面子上，妳以為我們聶家現在還需要請程雋？」

此言一出，程溫如猛然抬頭。

從聶家主動找上門、要幫他們疏通關係，程溫如就知道聶家背後一定有人，至於是哪個勢力，她沒有查到。

「再給你們一天時間，你們好好想想！是讓我們去『請』他，還是妳自己跟他說。」

聶家接管人拿著合約，直接出門。

聶家人離開了，辦公室內氣氛卻不好。

「大小姐……」股東跟程家人都看向程溫如。

程溫如抬手，搖頭，「你們讓我好好想想。」

半晌，她抬頭看了程饒瀚一眼，「既然你跟三弟撕破臉了，現在就不要打電話給他！」

程饒瀚拿著手機的手一頓。

他面色一黑，「行，程溫如，現在我看妳怎麼收場！」

程饒瀚摔門而去。

「李祕書，聶家勢力查出來了沒？」程溫如看著手機，有些無力地靠著椅背，眼睛微微閉起。

李祕書推了下鼻梁上的眼鏡，沉聲開口：「查到了，亞洲五大巨頭之一。」

程溫如的心又涼了半截。

程家就算是鼎盛時期，也比不過這五大巨頭……

難怪，難怪能輕易扣押程家在非洲的貨物。

*

第二天，別墅——

「苒苒，最近還好嗎？」程溫如進到大廳，表情跟以往沒什麼兩樣，「妳是不是要繼承研究院了？研究院那邊方震博他們有施壓嗎？」

徐老死了，研究院的負責人位置空著，他在死前選了秦苒，可現在沒有徐老在後面撐腰，她接管研究院的話……

程溫如想要幫她，但心有餘而力不足，程家現在也有個巨大的難題。

尤其是……

程溫如看向秦苒，她覺得徐家也跑不掉。

徐老死後，秦苒會被趕鴨子上架。

「沒事。」程雋在樓上書房跟程水商量事情，秦苒幫程溫如泡了杯淡茶，七分滿，搖頭，「程姊姊，妳不用擔心我，你們最近還好嗎？」

秦苒看向程溫如，程水等人談事情向來不躲著她，因此她也知道程家最近遇到了麻煩。

程溫如扯了扯嘴角，不是很明顯的笑，「我能有什麼事，倒是妳，研究院的事情，要是實在撐不下去就離開吧，那不是個好地方，沒有徐老在，我真的擔心妳。」

她看著秦苒，秦苒本人的氣質有些叛逆的乖戾跟匪氣。

只是那一雙好看的眼睛帶了些朦朧的血色，又充滿著程溫如從未見過的鋒銳跟殺氣，即使那張臉皎如明月，也讓人不太敢接近。

最近發生的事情太多，連程溫如本人都壓力龐大，更別說兩位老爺的死留下了多大的重擔給秦苒，徐家一個，研究院一個。

秦苒向來話不多，她只是看向程溫如，微微點頭。

程家的事，她相信程雋能處理好。

「就這兩天接管了，程姊姊，妳放心。」提起研究院，秦苒的目光更加鋒銳。

既然徐校長想讓她好好接管研究院，想讓她帶著外公跟研究院走向美洲，那她就一定會做到。

兩人說了幾句。沒多久，樓上的程雋就下來了。

秦苒口袋裡的電話也正好響起，她低頭看了看手機號碼，是美洲的一個未記名號碼。

秦苒眸色頓了頓，才拿著手機和程溫如打了聲招呼，走去樓上。

程溫如也有事情要跟程雋說，沒怎麼關注秦苒的神色。

倒是不遠處的程木看了秦苒一眼，略顯驚訝。

「秦小姐避開人去接電話，電話那頭一定不是普通人。」

程木對程金道。

程金正在想剛剛跟程雋商量的事，聞言，只瞥了程木一眼，沒理會他。

＊

樓上，秦苒關上門，才按下接通鍵。

她眸色清冷，淡漠的嗓音裡多了點禮貌。

「乾爹。」

『苒苒啊。』電話那頭，楊老先生的聲音帶著笑意，『聽說妳要接管京城的研究院了？』

「是。」秦苒站在窗邊拉開窗簾，聽到這一句，聲音又乾又冷。

楊老先生一笑，『這麼重要的事情，都不邀請乾爹，哪天？乾爹來替妳慶祝。』

「您要來？」秦苒一愣。

老先生一直在國外，雲光財團的事情都交給了楊殊晏，十幾年沒回國了。

『不歡迎？』楊老先生挑眉。

「倒也不是。」秦苒嘆了口氣。

她就是覺得太亂了，怎麼一個兩個都要來京城。

「您什麼時候到，我去接。」秦苒想了想，開口。

『不用，有妳哥幫我就行，他在國內待的時間比我長，對了，楊非也要跟我一起回來。』

楊老先生笑了笑。

「他不是在國外打比賽嗎？」秦苒算算時間，是春季賽。

不過她最近忙到頭疼，並不知道準確的時間。

『今天最後一場，打完就跟我一起回來，不參加慶功宴了。』楊老先生淡定自若。

秦苒頭疼地按著太陽穴。

她跟楊老先生又說了幾句，才掛斷電話。

湊熱鬧的人太多了。

想了想，又傳了訊息給徐管家。

『接管儀式上，我這邊還有幾個人。』

徐管家收到秦苒的訊息時正在徐家大會上，徐家正在開緊急會議。

「方震博已經有動作了，現在把研究院這個燙手山芋交給秦小姐，適合嗎……」徐家一位管事搖頭，「這次真的麻煩秦小姐了。」

「爺爺不在，徐家還在。」徐搖光目光冷峻，表情比以往任何時候都要冰冷，「所有人記住，即便沒有爺爺，秦苒也是研究院繼承人，徐家力鼎的繼承人。」

「徐家當然支持秦小姐，但現在沒有老爺震懾，我怕接管儀式出問題。」徐家長老也開口，目光擔憂。

這句話一出，會議室沉默了一下。

這個會議是在商量研究院的事，徐老一死，研究院的人就認為徐家群龍無首，開始蠢蠢欲動，這個時候只能讓新任繼承人出場。

壓力全在秦苒身上。

秦苒原本有程家這個後臺，如今這個後臺倒了，徐老也不在，只剩下最近似有崛起之勢的秦家，可是想要鎮住方震博……還不夠。

一行人憂心忡忡地散會。

徐管家這才拿著手機走到徐搖光面前，「交接儀式，秦小姐那邊還有幾個人，我去準備。」

「好，具體事宜麻煩您了，要招待好。」徐搖光頷首，轉身回書房。

徐管家滿腹憂思地轉身離開。

＊

別墅——

程雋看了程溫如一眼，伸手拿了外套。

「我三個月沒去公司了吧，今天去看看帳務。」

程雋當了甩手掌櫃，以往聽到程雋的這句話，程溫如肯定高興，此時卻半點也高興不起來，心緒很亂。

但程雋向來聰明，程溫如怕他察覺到什麼，沒找藉口勸他別去，只低頭喝了口茶。

「好。」

茶的味道很淡，秦苒一貫的風格。

秦苒講完電話從樓上下來，程雋跟程溫如正好要出門。

「去公司，要一起去嗎？」程雋看向秦苒。

秦苒還在想楊老先生的問題，她有些不確定對方是來看熱鬧的，還是真的也想牽扯進來。

聞言，她抬頭，眸子微揚，漫不經心地「嗯」了一聲。

程雋又折回來，幫秦苒拿了件外套。

開了兩輛車。沒多久，一行人來到程溫如的辦公地點。

「雋爺，秦小姐。」看到程雋兩人，李祕書停下來，他注意了下程雋的神色，有些詫異。

「你去把季度帳本拿來。」程溫如只瞥了他一眼。

李祕書連忙收回目光，去拿了帳本。

「這裡就是我的辦公室，苒苒第一次來吧，」程溫如讓人幫秦苒倒了杯牛奶，「坐。」

三人坐在窗邊的黑色沙發上。

程雋微微交疊雙腿，帳本隨意地放在腿上，骨節分明的手指翻著，翻帳本的速度有點快。

秦苒拿著牛奶，盯著看。

「要看？」程雋翻到一半，抬頭瞥了秦苒一眼，詢問道。

秦苒搖頭，她喝了口牛奶。

兩人說話時，外面有人敲門，是助理，他站在門口道：「大小姐，聶先生來了。」

程溫如直接站起來，乾脆俐落，「你們去會議室等我，我馬上就來。」

助理應了一聲就離開。

門被關上，程溫如才抬頭看向翻著帳本的程雋，終於把醞釀了半晌的話說出來。

「三弟，你帶苒苒去美洲吧。」

秦苒喝牛奶的手一頓，長睫顫了顫，「程姊姊？」

「最近發生了這麼多事，讓他帶妳去美洲散散心，能幫程家多拉幾個勢力更好。」程溫如伸手把鬢邊的頭髮別到耳後，容色鎮定，氣勢一如既往的強。

聶家讓程雋去治病，肯定不只是治病這麼簡單。

程雋以前在京城囂張慣了，想要對他動手的人多不勝數，只有去美洲才能避禍。

秦苒擰眉，她張口還要說什麼，被程雋直接打斷。

「姊，妳先去會議室，我好好考慮。」

「你願意考慮就好。」程溫如略微鬆氣，轉身離開辦公室。

走到門外，她的臉色才沉下來。
辦公室內，秦苒伸手拉了下他的衣領，「程姊姊她出事了……」
程溫如這想法跟之前的徐校長簡直不謀而合。
秦苒經歷過徐校長的事，如今對身邊所有人的異樣都非常在意。
「我知道。」程雋把帳本遞給秦苒，耐心地等她分析完，才低頭捧著她的臉，「我出去一下，妳看看帳本，等我回來。」
他出了門。
門外，有程水跟程金等著。
程水剛掛斷電話，看到程雋出來，直接開口，「是明老。」
程雋漫不經心地點頭，「先進去看看。」

*

會議室，依舊是昨天那行人。
「今天是最後期限。」聶家接管人看向程溫如，笑道，「大小姐，妳考慮好了嗎？再沒考慮好，這一批貨物……」

他的意思很明顯。

程溫如抬頭，「其他的能答應，我三弟那一條不能。」

「程溫如！」程饒瀚皺眉。

聶家接管人的面色也變了，「行，看來這批貨物你們不想要了。」

他正說著。

「砰！」一聲，會議室緊閉的門被人直接推開。

這次會議相當森嚴，裡面都是股東，在京城也是有頭有臉的人物，門外還有助理在看守，誰會在這個時候進來？

所有人都不由自主地看向門口的方向。

程雋手揹在身後，淺淡地看著會議室內的眾人，不緊不慢地一步一步往裡面走。

從程老死後，幾乎沒在公共場合出現的假太子爺出現了，會議桌上的人面面相覷。

聶家接管人也驚嚇了一陣子之後，才意識到如今這位已經不是能在京城橫行霸道的程雋了。

「大小姐，原來妳已經把妳三弟請來了，那我們可以坐下來簽合約了。」聶家人又坐了回去。

「什麼合約？」程雋停在程溫如身邊的空位上，也沒坐下，只是伸手拿起合約看了看。

內容不多，他一眼就看完了。

「你怎麼來這裡了！」程溫如抿唇，她還記得昨天聶家人說要向程雋動手的話，「你先回去，這件事我到時候再詳細跟你說！」

程雋看完，似乎笑了笑，然後慢條斯理地把合約捏成一團。沒有多看一眼，隨手把紙團扔到不遠處的垃圾桶。

「不簽，滾吧。」

聶家人原本以為能看到程雋低頭，誰知道都這個時候了，他還這麼囂張，氣得表情扭曲。

「好，很好，程雋，別怪我們不留情面！」

程雋不緊不慢地看向他，挑眉，溫和有禮地說，「你隨意。」

聶家一眾人摔門離開。

「你……」程饒瀚面色猙獰地看了程雋一眼。

辦公室內只剩下公司的人還有程家人。

「三弟，買張票，快去美洲。」程溫如打開手機，「算了，我幫你跟苒苒買票……」

程雋抬手，抽出了她的手機，「不用。」

程饒瀚冷笑著開口，「程雋，聶家人想要逼你，也趁機威脅程家！你知道他背後是什麼人嗎！五大巨頭之一，還以為你是程家太子爺嗎？別作夢了！」

程溫如看著程雋，也苦笑著搖頭。

程家就算是巔峰時期，也無法贏過這五大巨頭，更別說現在，正是局勢動盪的時候，她把手機一握。

「三弟，你帶著苒苒先去美洲，聶家這邊我會處理。」

程雋看了程溫如一眼，「不用擔心，我來處理。」

「你處理？程家貨物在非洲被擋下了，這批藥物趕不過來，程家名下的醫院有多少病人缺少資源，你能怎麼處理？去非洲送人頭？」程饒瀚嘲諷地開口。

他嫉妒程老偏愛程雋許久，向來不饒人。

程溫如也有點急了，「三弟！」

程雋只偏頭，看向程水：「程土到非洲了？」

「到了。」程水笑了笑，撥通程土的視訊，然後看向程溫如，「大小姐，程土就是從非洲起家的，你們的貨物是被誰攔截了？馬修？非洲恐怖集團？還是雇傭兵？」

正說著話，視訊接通了。

程水這話倒沒錯，程雋手下的礦脈就在非洲，做的生意不太正經。

程土比五行其他人要凶，經常游走於各個集團間來回倒賣，他這邊經手的，都是巨鱷、恐怖集團這種危險的勢力集團。

程水跟程土不是走同一條路，他主要跟程火待在美洲，但程水對程土日常幹的事情卻非常清楚。

程水正說著。

他的手機螢幕上，程土的絡腮鬍很搶鏡。

『老大。』程土似乎在一條寬大的馬路上，正側身用一口標準的外國本地方言跟對面的人說話，見視訊接通了，他收回目光，恭敬地開口。

程水也不跟程土客氣，直接詢問：「查到大小姐的貨了嗎？」

『不是恐怖集團，我之前跟他們做過生意，剛剛問了他們。』程土的聲音透過手機傳過來，他那邊有訊號干擾器，有些模糊，但還是能聽清他說的內容，『是雇傭兵集團，說起來……這群雇傭兵好久沒攔截我們的貨了，我正連絡人找他們談判。』

想了想，程土又嘀咕一聲，『不會真的想開烤肉店吧。』

比起混戰的美洲，非洲勢力還算平衡的。

程家這件事在程溫如跟聶家人眼裡算是件大事，但在程土他們眼中，不過是一件需要談判的事。

『大小姐在嗎？』程土想了想，詢問。

程水點頭，「在。」

他把鏡頭轉向程溫如。

程土先跟程溫如打了個招呼，才詢問。

『大小姐，你們的貨物很急嗎？有些流程要走，大約要兩天才能空運到京城。』

空運藥品要走的流程確實不少。不過，聶家給程溫如保證的時間是七天，相較七天來說，兩天算得上神速了。

程溫如沒見過程土幾次，只記得他的主要特徵，聽到這一句，愣了下才有些茫然地道：「當然可以。」

『那我去交接。』程土說了幾句，就掛斷電話。

會議室內，其他人都沒什麼反應。

程溫如去過美洲，也了解一些美洲的勢力，自然知道馬修是誰，對於其他的雇傭兵跟恐怖集團她不清楚，但也能猜到能跟馬修相提並論的，肯定不是什麼簡單人物。

至於程饒瀚跟其他股東們也常出國，但對非洲的頂端勢力並不清楚。

恐怖集團是什麼？

雇傭兵他們倒是聽說過，但不了解究竟是什麼樣的組織，至於馬修他們也聽說過，是一個他們程家根本就惹不起的巨擘。

程水風輕雲淡吐出來的三個詞，他們都十分陌生。

「兩天後，帶人去機場接貨物。」程雋沒有看其他人，也不管辦公室內看向他的目光，直接站起來，禮貌地朝所有人頷首，「帳本我也看完了，你們繼續開會，我還有其他事情，我會讓程水留下來協助你們。」

他說完就轉身出了會議室，並輕輕關上門。

程雋沒有直接回到辦公室。

辦公室內，秦苒還在翻看文件。

聽到聲音，她抬頭看向程雋：「處理完了？」

「嗯。」程雋隨意地點頭，「我們回去吧，妳是不是還要跟徐管家商量研究院的事？」

秦苒把手中的帳本放下，程雋說起這個，她就想起了楊老先生，頓了下才道：「接管儀式在大後天。」

「我把程土也找回來？」程雋若有所思。

「別。」秦苒按著太陽穴，「可都別回來了。已經夠複雜了。」

＊

隔壁的會議室內，直到那道修長又走得不緊不慢的身影消失在門邊，其他人才回過神來。

程溫如看著會議室的人，面容沉冷，「今天的事，誰也不能說出去。」

「妳是……」程饒瀚擰眉。

「釣魚。」程溫如側身，氣勢盡顯，「程家內部跟附屬家族，也該清洗清洗了。」

股東看看程饒瀚，又看看程溫如，欲言又止。

腦子裡似乎有煙火在炸響。

程家二堂主等人去了美洲待了接近半個月，連馬修勢力範圍的邊緣都沒能靠近。

程雋、程土他們……

不僅是股東，程饒瀚也反應過來，能聽出程雋他們跟那群勢力很熟。

「大小姐……三少他……到底是幹什麼的？」半晌，終於有人問出口。

程饒瀚沒說話，他表面上沒有什麼表情，但手緊緊握著，內心迫切地想要知道這個答案。

程雋是做什麼的，程溫如不知道，只知道程雋十二歲之後不拿家裡一分錢，錢卻依舊像取之不盡，用之不竭一般。

——下集待續

高寶書版集團
gobooks.com.tw

CP017
神祕主義至上！為女王獻上膝蓋　第三部　3

作　　者　一路煩花
繪　　者　Tefco
編　　輯　林欣潔
封面設計　林檎
排　　版　彭立瑋
企　　劃　黃子晏

發 行 人　朱凱蕾
出　　版　三日月書版股份有限公司
　　　　　Mikazuki Publishing Co., Ltd.
地　　址　臺北市內湖區洲子街88號3樓
網　　址　www.gobooks.com.tw
電　　話　(02) 27992788
電　　郵　readers@gobooks.com.tw（讀者服務部）
傳　　真　出版部　(02) 27990909　行銷部 (02) 27993088
郵政劃撥　50404557
戶　　名　英屬維京群島商高寶國際有限公司台灣分公司
發　　行　英屬維京群島商高寶國際有限公司台灣分公司 / Printed in Taiwan
　　　　　Global Group Holdings, Ltd.
法律顧問　永然聯合法律事務所
初版日期　2025年3月

本著作物由瀟湘書院（天津）文化發展有限公司授權出版。

國家圖書館出版品預行編目(CIP)資料

神祕主義至上！為女王獻上膝蓋. 第三部 / 一路煩花著.-- 初版. -- 臺北市：三日月書版股份有限公司出版：英屬維京群島高寶國際有限公司臺灣分公司發行, 2025.03-
面；　公分. --

ISBN 978-626-7391-50-1 (第3冊：平裝)

857.7　　114000238